日文人生小語手冊

張　嫚　編著

鴻儒堂出版社發行

前　言

日文人生小語手册─它不是英國大文豪莎士比亞所說的話，也不是印度詩人泰戈爾所說的話，它只是一些普普通通、你我都會說的話，但是它帶有點警惕性、鼓勵性，又有點趣味性，所以當您閱讀它時，您會覺得非常有意思。而一個「有意思」的話，不論是用任何一種語言表達出來時，它都是「有意思」的，因此筆者又把它翻譯成日文，希望懂得日文的朋友以及正在學習日文的朋友大家一起來用日文欣賞它。

筆者才疏學淺，此書有不當之處，尚祈先進賢哲不吝賜教，則感幸便。

在此我要感謝我的老師掛田艮雄先生、鴻儒堂出版社黃成業先生以及我的先生錢中煉，謝謝他們給予我的指導、幫助及鼓勵。

張　嫚　謹識

日文人生小語手册　目錄

一、愛《あい》

1. 愛《あい》は美《うつく》しいものです。(愛是美。)
2. 愛《あい》は力《ちから》です。(愛是力量。)
3. 愛《あい》はお金《かね》で買《か》えるものではありません。(愛不是能用錢買到的。)
4. 愛《あい》は冬《ふゆ》の太陽《たいよう》で、夏《なつ》の微風《そよかぜ》です。(愛是冬天的太陽、夏天的微風。)
5. 愛《あい》はきき目《め》のある薬《くすり》です。(愛是一帖有效的藥。)
6. 愛《あい》は心《こころ》の糧《かて》です。(愛是精神糧食。)
7. 愛《あい》とは心《こころ》の中《なか》に隠《かく》しておいてはならないものです。
(愛是不能一直隱藏在心裏的。)
8. 愛《あい》とは一日《いちにち》でなく、二日《ふつか》でもなく、一生《いっしょう》なのです。
(愛不是一天，也不是兩天，而是一輩子。)
9. 愛《あい》には叱《しか》りは付《つ》き物《もの》です。(有愛就會有斥責。)
10. 愛《あい》というのは言葉《ことば》ではなくて、行《おこ》ないなんです。(所謂愛，不是語言，而是行動。)

11. 愛《あい》はすべてを美《うつく》しくします。（愛使一切變爲美好。）

12. 愛《あい》には微笑《ほほえ》みもありますし、涙《なみだ》もあります。（在愛裏有微笑也有眼淚。）

【註釋】

1. 美《うつく》しい：美麗的。
2. 力《ちから》：力量。
3. 買《か》える：買得到、能買。
4. 太陽《たいよう》：太陽。
   微風《そよかぜ》：微風。
5. きき目《め》がある：有效。
6. 心《こころ》の糧《かて》：精神糧食。
7. とは：所謂。
   隠《かく》す：隱藏。
   ～てはならない：不可以～。
8. 一生《いっしょう》：一輩子。
9. 叱《しか》り：斥責、申斥。
   付《つ》き物《もの》：附屬品、離不開的東西。
10. 言葉《ことば》：語言。
    行《おこ》ない：行動。
11. すべて：一切、全部。
12. 微笑《ほほえ》み：微笑。
    し：表並列。
    涙《なみだ》：眼淚。

二、愛《あい》と恨《うら》み

1. 愛《あい》から恨《うら》みへの道《みち》は歩《ある》きやすいですが、恨《うら》みから愛《あい》への道《みち》は歩《ある》きにくいです。
（由愛到恨的路好走，由恨到愛的路不好走。）

2. ややもすれば数十年《すうじゅうねん》もの愛《あい》が少《すこ》しだけの恨《うら》みで水《みず》の泡《あわ》となりがちです。
（往往數十年的愛就因爲一點點的恨而化爲泡影。）

3. 愛《あい》はたくさんあればあるほどいいですが、恨《うら》みはないに越《こ》したことはありません。
（愛是愈多愈好，恨是最好沒有。）

4. 愛《あい》はいかなる形《かたち》において現《あら》われても美《うつく》しいもので、恨《うら》みはいかなる形《かたち》において現《あら》われても醜《みにく》いものです。
（愛不論是以任何形態表現出來都是很美的，而恨則不論以任何形態表現出來都是很醜陋的。）

5. 憎《にく》いと思《おも》う者《もの》でも愛《あい》しなさい。（卽使是讓你覺得憎惡的人，也請愛他吧！）

6. 愛《あい》と恨《うら》みは紙一重《かみひとえ》です。（愛與恨乃毫釐之差。）

7. 愛《あい》には恨《うら》みが付《つ》き物《もの》だと言《い》う人《ひと》はいるかもしれませんが、本当《ほんとう》の愛《あい》には恨《うら》みはありません。

（或許有人說「有愛就有恨」，但是在眞正的愛裡面是沒有恨的。）

8. ともすると愛《あい》はちょっとした不注意《ふちゅうい》で恨《うら》みになりがちです。

（愛往往就因爲一點點的不注意而變成了恨。）

【註釋】

1. 歩《ある》きやすい：好走。
歩《ある》きにくい：不好走。
2. ややもすれば～がちだ：往往～。
水《みず》の泡《あわ》となる：化爲泡影。
3. ～ば～ほど：愈～愈～。
～に越《こ》したことはない：最好是～。
4. いかなる：什麼樣的。
おく：放置。
現《あら》われる：表現。
5. 憎《にく》い：憎惡的、憎恨的。
6. 紙一重《かみひとえ》：毫釐之差。
7. 付《つ》き物《もの》：附屬品、離不開的東西。
～かもしれない：或許～。
8. ともすると～がちだ：往往～。
ちょっとした不注意《ふちゅうい》：一點點的不注意。

三、愛《あい》と人間《にんげん》

1. ある人《ひと》は愛《あい》がほしいが、愛《あい》の受《う》け入《い》れ方《かた》がわかりません。
（有些人想得到愛，但卻不知道如何接受愛。）

2. 愛《あい》を失《うしな》った人生《じんせい》はこわいです。（失去愛的人生是可怕的。）

3. 人間《にんげん》は愛《あい》を失《うしな》ってはじめてそのありがたさを知《し》ります。
（人失去了愛之後，才知道其珍貴。）

4. どういうふうに人《ひと》を愛《あい》するか、どういうふうに人《ひと》に愛《あい》されるか、そのうちの一《ひと》つでもわからなければ、倖《しあわ》せとは言《い》えません。
（要如何去愛人呢？要如何才能被人愛呢？只要不知道這兩樣中的一樣的話，還是不能算幸福。）

5. 人生《じんせい》という長《なが》い道《みち》にはところどころ愛《あい》があります。
（在人生的長長道路上，到處都是愛。）

6. 自分《じぶん》が人《ひと》に愛《あい》されたいと思《おも》ったら、先《ま》ず人《ひと》を愛《あい》するべきです。

（想要被別人愛的話，首先該去愛別人。）

7. 人《ひと》に愛《あい》される喜《よろこ》びは人《ひと》に愛《あい》されている人《ひと》しかわかりません。
（被愛的喜悅，只有被愛著的人才知道。）

8. 人《ひと》を愛《あい》する人《ひと》こそ人《ひと》に愛《あい》されます。（愛人的人才會被人愛。）

9. 人《ひと》を愛《あい》する機会《きかい》のある人《ひと》は倖《しあわ》せな人《ひと》なんです。（有機會愛人的人是幸福的人。）

10. 人《ひと》に愛《あい》されるか愛《あい》されないかは人《ひと》を愛《あい》するか愛《あい》さないかによります。
（是否被人愛要看是否愛人而定。）

11. 一人《ひとり》のこらず人《ひと》を愛《あい》し、一人《ひとり》のこらず人《ひと》に愛《あい》されるというような社会《しゃかい》になってほしいものです。
（希望能變成這樣的一個社會，那就是每個人都愛著別人，同時每個人也都被別人所愛著。）

12. この世《よ》の中《なか》にはすべての人《ひと》を愛《あい》することのできる人《ひと》は一人《ひとり》もいないでしょう。
（在這個世界上，沒有一個人能夠去愛所有的人吧！）

13. 人《ひと》を愛《あい》するよりも人《ひと》に愛《あい》されたほうが幸福《こうふく》に感《かん》じます。
（被人愛比愛人更能感覺到幸福。）

14. 愛《あい》は人生《じんせい》の色取《いろど》りで、人生《じんせい》を美《うつく》しくします。（愛是人生的點綴，使人生美麗。）

15. 愛《あい》は人間《にんげん》の心《こころ》と顔《かお》を若《わか》くします。（愛讓人類的心靈與外表年輕。）

16. 愛《あい》は人《ひと》の心《こころ》と心《こころ》をつなぎます。（愛把人的心連接在一起。）

17. 愛《あい》を一人《ひとり》でも多《おお》くの人《ひと》にあたえていきましょう。

（儘量把愛分給別人吧！即使多分給一個人也好。）

18. 自分《じぶん》を愛《あい》するように他人《たにん》を愛《あい》しなさい。（像愛自己一樣地去愛他人吧。）

【註釋】

1. 受《う》け入《い》れ方《かた》：接受的方法。
2. 失《うしな》う：失去。
3. 〜てはじめて〜：〜之後，才〜。
ありがたさ：珍貴、價值。
4. どういうふうに：如何地。
5. ところどころ：處處。
6. 先《ま》ず：首先。
べき：應該。
7. 喜《よろこ》び：喜悅。
8. こそ：才。
9. 機会《きかい》：機會。
倖《しあわ》せ：幸福。
10. よる：依據、取決於。
11. 一人《ひとり》のこらず：全部、所有的人。

～てほしい：希望～。

12. 世《よ》の中《なか》：世界上。

すべて：一切、所有。

動詞連體形＋ことができる：能～。

13. 感《かん》じる：感覺。

14. 色取《いろど》り：裝飾、點綴。

15. 若《わか》い：年輕的。

16. つなぐ：連起。

17. あたえる：給、與。

四、いいハズ

1. いいハズを持《も》っているワイフの喜《よろこ》びはたとえようもないです。
（一個太太擁有一個好先生，那種喜悅是無法形容的。）

2. いいハズはワイフを心配《しんぱい》させないものです。（好先生是不會讓太太擔心的。）

3. いいハズは浮気《うわき》をしないものです。（好先生是不會在外面亂來的。）

4. いいハズはワイフが醜《みにく》くても不満《ふまん》に思《おも》わないものです。（好先生不會嫌太太醜。）

5. いいハズはワイフを尊敬《そんけい》しますし、可愛《かわい》がります。（好先生會尊敬太太，也會疼太太。）

6. いいハズはワイフをなぐるどころか、しかりもしないものです。
（好先生豈止是不打太太，連罵都不會罵的。）

7. いいハズは時間《じかん》があるとワイフのそばにいます。（好先生一有空就在太太的身邊。）

8. いいハズとはたとえワイフの作《つく》った料理《りょうり》がおいしくなくても、うまいと言《い》う人《ひと》です。
（即使太太作的菜不好吃，好先生也會說好吃的。）

9. どんないいハズでも、ワイフが頭《あたま》を使《つか》ってそのいいハズをいいハズのままにしておかないと、知《し》らず知《し》らずにそのいいハズはいいハズではなくなるものです。
（即使是再好的先生，如果太太不用頭腦讓那好先生繼續保持爲好先生的話，在不知不覺之中那好先生也會變成不好的先生的。）

10．いいハズはよくワイフの喜《よろこ》ぶような話《はなし》を言《い》って聞《き》かせるものです。
（好先生常常會說一些讓太太高興的話給太太聽。）

【註釋】

1. ハズ：先生。
　ワイフ：太太。
　喜《よろこ》び：喜悅、歡喜。
　たとえようもない：無法形容。
2. 心配《しんぱい》する：擔心。
3. 浮気《うわき》をする：見異思遷。
4. 醜《みにく》い：難看的。
　不満《ふまん》に思《おも》う：感到不滿意、嫌棄。
5. 尊敬《そんけい》する：尊敬。
　可愛《かわい》がる：疼愛。
6. なぐる：揍、打。
　～どころか＋否定：豈止～連～都不～。
　しかる：叱責、申斥。
7. と：一～就～。
　そば：旁邊、側。
8. たとえ～ても：即使～也～。

うまい：好吃。

9.頭《あたま》を使《つか》う：用頭腦。

まま：一如原様、照舊。

知《し》らず知《し》らずに：在不知不覺之中。

10.聞《き》かせる：給～聽。

五、いいワイフ

1. いいワイフはハズの仕事《しごと》にまで関心《かんしん》を持《も》つものだと思《おも》います。
（我認為好太太是對於先生的工作也要有興趣的人。）

2. いいワイフはハズのいい聞手《ききて》です。（好太太是先生的好聽者。）

3. いいワイフは時《とき》にはハズにアドバイスをあたえるものです。
（好太太是有時會給先生提意見的人。）

4. いいワイフは常《つね》にハズにおいしい料理《りょうり》を作《つく》るよう心《こころ》がけています。
（好太太是經常用心作好吃的菜給先生吃的人。）

5. いいワイフはいつもではなくて時《とき》には焼餅《やきもち》を焼《や》くものです。
（好太太不是總是吃醋，但有時也要吃吃醋。）

6. いいワイフは愛《あい》をもってハズに話《はなし》をするものです。（好太太和先生說話時要充滿著愛。）

7. いいワイフはハズより遲《おそ》く寢《ね》、ハズより早《はや》く起《お》きるものです。
（好太太要比先生晚睡，比先生早起。）

8. いいワイフはハズの自尊心《じそんしん》を傷《きず》つけないものです。（好太太不會傷先生的自尊心。）

9. いいワイフとは、ハズの給料《きゅうりょう》が安《やす》くてもぶつぶつ言《い》わないものです。（好太太是即使是先生的薪水少也不會嘮叨的。）

10. いいワイフはハズを尊敬《そんけい》し、愛《あい》します。（好太太尊敬先生、愛先生。）

11. いいワイフは声《こえ》を使《つか》わずに「キッス」でハズを起《お》こします。（好太太不用聲音叫醒先生，而用一個「吻」親醒先生。）

12. いいワイフはハズに「いっていらっしゃい」や「お帰《かえ》りなさい」などと言《い》わずに、ただ抱擁《ほうよう》することで自分《じぶん》の気持《きもち》を表《あら》わすものです。（好太太不會對先生說「慢走」啦「歡迎你回來」啦等，只是擁抱先生來表達自己的感情。）

【註釋】

1. ワイフ：太太。（wife）。
ハズ：先生（husband）。
関心《かんしん》を持《も》つ：有興趣。

2. 聞手《ききて》：聽者、聽衆。

3. 時《とき》には：有時候。
アドバイス：提意見、忠告。（advice）

4. 常《つね》に：經常。
心《こころ》がける：用心、留意。
5. 焼餅《やきもち》を焼《や》く：吃醋。
8. 自尊心《じそんしん》を傷《きず》つける：傷害自尊心。
9. 給料《きゅうりょう》が安《やす》い：薪水少。
ぶつぶつ言《い》う：嘮叨、嘟喃。

10. 尊敬《そんけい》する：尊敬。
11. 使《つか》う：使用。
キッス：吻。
起《お》こす：叫醒、喚醒。
12. 抱擁《ほうよう》する：擁抱。

六、言《い》うことと行《おこな》うこと

1. 「言《い》うだけで行《おこな》わない」という欠点《けってん》はあらためなければなりません。
（光說不做，這是個非改不可的缺點。）

2. 仕事《しごと》をしなくてはおしまいだと口《くち》で百回《ひゃっかい》言《い》っても、じっとして坐《すわ》っていれば、一回《いっかい》も言《い》わなかったことと同《おな》じなんです。
（嘴巴雖然是說了一百次「不工作就完了」，但仍坐著一動也不動的話，等於一次也沒有說。）

3. あしたは試験《しけん》だから、勉強《べんきょう》しなくちゃ大変《たいへん》だと心《こころ》で何回思《なんかいおも》っても、テレビの前《まえ》にじっと坐《すわ》っていたなら、あしたの試験《しけん》は本当《ほんとう》に大変《たいへん》なことになります。
（心裡想了好多次好多次，明天要考試，不讀書就糟了，但是如果坐在電視機前動也不動的話，明天的考試可眞的要糟了。）

4. 身《み》をもって行《おこな》うのは立派《りっぱ》な人《ひと》です。（親身實行的人是了不起的人。）

5. 言《い》うことは簡単《かんたん》ですが、行《おこな》うのは難《むずか》しいです。（說容易而做難。）

6.言《い》うだけで行《おこな》わない人《ひと》は人《ひと》に嫌《きら》われてしまいます。（光說不做的人被人討厭。）

7.言《い》うだけで行《おこな》わない人《ひと》は成功《せいこう》できません。（光說不做的人無法成功。）

8.言《い》わずに行《おこな》う人《ひと》は往々《おうおう》に成功《せいこう》するものです。（默默做的人往往成功。）

9.言《い》うだけで行《おこな》わない人《ひと》よりは、言《い》いもせず行《おこな》いもしない人《ひと》のほうがいいと思《おも》います。

（我認爲與其說而不做，不如不說也不做。）

10.言《い》っても言《い》わなくてもかまいませんが、行《おこな》えばそれでいいと思《おも》います。

（說也好，不說也好，都沒有關係，我認爲只要去做就行了。）

11.行《おこな》いたくなくても、言《い》った以上《いじょう》は、行《おこな》わなければなりません。

（即使不想做，但既然說了，就得做。）

12.「言《い》うこと」と「行《おこな》うこと」ですが、なんといっても、行《おこな》ってから言《い》うのが一番《いちばん》いいことです。

（說到說和做，我認爲最好是做了之後再說。）

【註釋】

1.行《おこな》う：做、幹、實行。

あらためる：改正。

～なければならない：非～不可。

2. しまい：完蛋了。
じっとして坐《すわ》っている：一動也不動地坐著。

4. 身《み》をもって：親身。

5. 簡単《かんたん》：簡單。
難《むず》しい：困難的。

6. 嫌《きら》われる：被討厭。

7. 成功《せいこう》できない：無法成功。

8. ず：表示否定。
往往《おうおう》に：往往～。

9. ～よりは～ほうがいい：與其～不如～。
～と思《おも》う：我認為～。

10. ～てもかまわない：～也沒關係。

11. ～た以上《いじょう》は：既然～。

12. ～てから：～之後。

七、うそ

1. うそとは早《はや》くばれるか遅《おそ》くばれるかだけのことです。（謊言只是早敗露晚敗露而已。）

2. うそも方便《ほうべん》だからといって、うそなんか言《い》わないほうがいいと思《おも》います。（雖說謊言也是權宜之策，但謊言之類的還是不說爲妙。）

3. うそをついたあとになって後悔《こうかい》するのではもう遅《おそ》いのです。（說了謊之後再後悔已經遲了。）

4. 上品《じょうひん》な人《ひと》はうそをつきません。（高尚的人不說謊。）

5. うそをついた人《ひと》は人《ひと》に敬遠《けいえん》されます。（說謊的人被人敬而遠之。）

6. うそをあまりに多《おお》くつきすぎると、どちらが本当《ほんとう》か、どちらがうそか自分《じぶん》でもわからなくなるものです。（說謊說多了的話，哪個是眞的？哪個是假的？自己都會弄不清楚的。）

7. うそとは他人《たにん》をだますために言《い》うものですが、実《じつ》はうそをつく以前《いぜん》にすでに自分自身《じぶんじしん》をだましていることになります。

（所謂謊言，是爲了欺騙他人而說的，可是事實上，在說謊之前，早已經欺騙了自己。）

8. うそをつかない人《ひと》はうそをついたら不安《ふあん》になります。うそをよくつく人《ひと》はいくら多《おお》くのうそをついても不安《ふあん》になりません。

（不說謊的人，如果說了謊的話，會感覺不安。常說謊的人，即使說了再多的謊，也不會感覺不安。）

9. 謙遜《けんそん》語《ご》もほめ言葉《ことば》も時《とき》として「うそ」の一《ひと》つとなりますが、これらのうそはつかなければならないうそだと言《い》えば言《い》えないこともないでしょう。

（謙虛語及誇獎別人時所說的話，常常也是謊言的一種，可是這些謊言可以說是不得不說的謊言吧！）

10. 人《ひと》に迷惑《めいわく》を与《あた》えるうそもあり、人《ひと》を楽《たの》しくさせるうそもあります。前者《ぜんしゃ》のうそをつかないで、後者《こうしゃ》のうそばかりつくのであったら、この社会《しゃかい》はもっとうちとけた社会《しゃかい》になると思《おも》います。

（有的謊言給人添麻煩，有的謊言使人高興，我想如果不說前者而光說後者的話，這社會能夠變得更和諧。）

11. うそをつく人《ひと》を寄《よ》せつけてはいけません。（不可以和說謊的人接近。）

12. 産児制限《さんじせいげん》を叫《さけ》んでいる一方《いっぽう》で、今度《こんど》こそは男《おとこ》の子《こ》ではないかとまた生《う》んだとしたら、これも世《よ》に反《はん》するうその一種《いっしゅ》ではないかと思《おも》います。

（一直呼籲節育，卻再生生看這次會不會是個男孩的話，這難道不是違反潮流的一種謊言嗎？）

13. うそをつく癖《くせ》はなおりにくいものです。（說謊的毛病是很難改正的。）

14. うそかどうかは聞《き》くとすぐわかるものではありませんから、頭《あたま》を使《つか》って判断《はんだん》する必要《ひつよう》があると思《おも》います。

（到底是不是謊言，這不是一聽就可以知道的，所以有必要用頭腦去判斷才行。）

【註釋】

1. ばれる：敗露、暴露。

2. うそも方便《ほうべん》：謊言乃權宜之策。

〜からといって〜：雖說〜但〜。

なんか：之類。

3. うそをつく：說謊。

4. 上品《じょうひん》な人《ひと》：高尚的人。

5. 敬遠《けいえん》される：被敬而遠之。

7. だます：欺騙。

すでに：早已。

自分自身《じぶんじしん》：自己。

8.不安《ふあん》になる：變得不安。
よく：常常。
いくら～ても：即使再～也～。
9.謙遜語《けんそんご》：謙虛語。
ほめ言葉《ことば》：誇獎的話。
時《とき》として：往往、常常。
～なければならない：不得不～。
10.人《ひと》に迷惑《めいわく》を与《あた》える：給人添麻煩。
ばかり：光、只。
もっと：更。
うちとける：融洽而沒隔閡。
11.寄《よ》せつける：和～接近。

～てはいけない：不可以～。
12.産児制限《さんじせいげん》：節育。
叫《さけ》ぶ：呼籲、喊叫。
一方《いっぽう》：一方面。
生《う》む：生。
世《よ》に反《はん》する：違反潮流。
13.癖《くせ》：習性、毛病。
なおる：改正、矯正。
動詞連用形＋にくい：難以～。
14.～と～：一～就～。
すぐ：立刻。
判断《はんだん》する：判斷。

八、美《うつく》しい人《ひと》

1. いくら美《うつく》しい人《ひと》でも、礼儀《れいぎ》を知《し》っていなければ、もう二度《にど》とその顔《かお》を見《み》たくないものです。

（即使是再美的人，如果不懂禮貌的話，我也不想多看她一眼。）

2. いくら美人《びじん》でも、口数《くちかず》が多《おお》ければ、きらわれます。

（即使是再美的人，如果話多，也會被討厭的。）

3. いくら美人《びじん》でも、気立《きだて》がやさしくなければ、美人《びじん》とはいえないでしょう。

（即使是再美的人，如果性情不溫柔的話，也不能稱之爲美人吧！）

4. 顔《かお》をきれいにするだけでは、美人《びじん》になれません。

（並不是只要把臉弄漂亮就能變成美人的。）

5. いくら美人《びじん》でも、言葉《ことば》や振舞《ふるまい》に少《すこ》しでも気《き》をつけなければ、醜《みにく》い人《ひと》にならないとは限《かぎ》りません。

（即使是再美的人，只要在言辭上啦擧止上稍不注意的話，不見得不會變成醜人的。）

6.いくら美人《びじん》でも、欲《よく》がふかければ、美人《びじん》とは言《い》えないでしょう。

（卽使是再美的人，如果太貪心的話，也不能稱之爲美人吧！）

7.きれいな顔《かお》よりも、きれいな心《こころ》がほしいと願《ねが》う人《ひと》こそ本当《ほんとう》の美人《びじん》なんです。

（與其要一張漂亮的臉，寧願要一顆美麗的心，這才是眞正的美人。）

8.本当《ほんとう》の美人《びじん》は厚化粧《あつげしょう》などしないものなんです。（眞正的美人是不會化濃粧什麼的。）

9.生《う》まれつきの美人《びじん》などというのはいないのです。（沒有所謂生來就是美人的人。）

10.美《うつく》しさとは見《み》せようとすればするほど美《うつく》しくなくなるものです。この事《こと》は自分《じぶん》で自分《じぶん》が美《うつく》しいと思《おも》う人《ひと》の知《し》らなければならないことです。

（所謂美麗是愈想顯示給人看就愈會消失的。這是自以爲漂亮的人所不可不知的。）

11.自分《じぶん》を美《うつく》しくするためには、鏡《かがみ》を持《も》っている必要《ひつよう》があると思《おも》います。

（爲了美化自己，我認爲有必要帶著鏡子在身上。）

12.顔《かお》の美《うつく》しさには永遠性《えいえんせい》がありません。（臉孔的美麗不是永恒的。）

【註釋】

1. いくら～でも：卽使是再～也～。

礼儀《れいぎ》：禮貌。

2. 口数《くちかず》が多《おお》い：話多。
きらわれる：被討厭。
3. 気立《きだて》がやさしい：性情溫柔。
4. 美人《びじん》：美人。
なれません：不能成爲。
5. 言葉《ことば》：言辭。
振舞《ふるまい》：擧止。
少《すこ》しでも：卽使是一點。
気《き》をつける：注意。
醜《みにく》い：難看的。
～とは限《かぎ》らない：不見得～。
6. 欲《よく》がふかい：貪心。
～とは言《い》えない：不能稱之爲～。

7. こそ：才。
8. 厚化粧《あつげしょう》：濃粧。
など：表示擧例，但含有輕視之語氣。
9. 生《う》まれつき：天生。
10. 見《み》せる：顯示、給人看。
～ば～ほど：越～越～。
自分《じぶん》で自分《じぶん》が美《うつく》しいと思《おも》う：自以爲漂亮。
11. ため：爲了。
鏡《かがみ》：鏡子。
必要《ひつよう》がある：有必要。
～と思《おも》います：我認爲～。
12. 永遠性《えいえんせい》：永久性。

九、お金《かね》

1. お金《かね》で買《か》えないものはないと思《おも》ってはなりません。（不可以爲錢是什麼都能買到的。）
2. お金《かね》で不当《ふとう》な要求《ようきゅう》を遂《と》げようと思《おも》ってもいけないし、不正《ふせい》な行《おこ》ないでお金《かね》を手《て》に入《い》れようと思《おも》ってもいけません。（不可以想要用錢去達到不正當的要求，也不可以想要用不正當的行爲去得到錢。）
3. お金《かね》に支配《しはい》されるほど悲《かな》しいことが世《よ》の中《なか》にあるでしょうか。（在世上還有比被金錢支配更可憐的事嗎？）
4. お金《かね》がなければ、パンもありません。（沒有錢就沒有麵包。）
5. お中《なか》がすきましたか？早《はや》くお金《かね》をもうけなさい。（肚子餓了吧？趕快賺錢吧！）
6. お金《かね》は使《つか》い方《かた》によって、金持《かねも》ちにもなるし貧乏人《びんぼうにん》にもなります。（由於金錢使用方法的不同，會讓人變成一個有錢人，也會讓人變成一個窮人。）
7. お金《かね》のある人《ひと》は心強《こころづよ》いですが、お金《かね》のない人《ひと》は心細《こころぼそ》いです。（有錢的人心裏有依仗，沒錢的人心裏發慌。）

8. お金《かね》をたくさんもうけようとすればするほど、たくさんはもうけられないような気《き》がするものです。

（越想要賺很多錢，好像越覺得無法賺很多錢。）

9. 金持《かねも》ちはいつ貧乏人《びんぼうにん》になるかもしれませんから、今《いま》は金持《かねも》ちであっても、貧乏人《びんぼうにん》の生活《せいかつ》をしてみたほうがいいんじゃないですか。

（有錢人也許不知道什麼時候也會變成窮人的，所以現在雖然是有錢人，但是過過窮人的生活看看，不是比較好嗎？）

10. お金《かね》の大切《たいせつ》さはお金《かね》のない時《とき》にだけ知《し》ることが出来《でき》るものです。

（只有在沒錢的時候，才知道錢的重要。）

11. お金《かね》に左右《さゆう》される人《ひと》は上品《じょうひん》な人《ひと》ではありません。（被金錢左右的人不會是高尚的人。）

12. 一銭《いっせん》のお金《かね》でも粗末《そまつ》にしてはだめです。（一毛錢也不可以浪費。）

13. 一円《いちえん》しか持《も》っていないのに、二円《にえん》のものを買《か》おうと思《おも》う人《ひと》はずっと死《し》ぬまでお金《かね》に悩《なや》んでいる人《ひと》です。

（身上只有一塊錢，卻想要買兩塊錢的東西，這種人會一直愁錢愁到死。）

14. 二円《にえん》で一円《いちえん》のものを買《か》う―こんなふうにお金《かね》を使《つか》えば、お金《かね》はいくらあっても、すぐなくなるものです。

（花兩塊錢買一塊錢的東西，如果這樣花錢的話，即使有再多的錢，也會立刻花光的。）

15. 一方《いっぽう》で金儲《かねもう》けをしつつ、また一方《いっぽう》で倹約《けんやく》をするのが金持《かねも》ちになる近道《ちかみち》です。

（一方面賺錢，一方面節儉，這才是變成富人的捷徑。）

16. お金《かね》を儲《もう》けるということだけが、仕事《しごと》の終局《しゅうきょく》の目的《もくてき》ではありません。

（工作的最終目的，不只是爲賺錢。）

17. 仕事《しごと》せずにお金《かね》を手《て》にしたいなんて、いい気《き》なものですわ。

（想不工作而得到錢，這眞是太天眞了。）

18. 成金《なりきん》よりも貧乏人《びんぼうにん》のほうが安全《あんぜん》なのです。（比起暴發戶，窮人要來得安全些。）

19. いくらお金《かね》があっても、贅沢《ぜいたく》な暮《く》らしをしないほうがいいと思《おも》います。

（即使再有錢，我認爲還是不要過奢侈的生活比較好。）

20. お金《かね》がないのに、金持《かねも》ちを見習《みなら》って、派手《はで》な生活《せいかつ》をしようとするのは馬鹿者《ばかもの》です。

（沒錢但偏偏要學有錢人過闊氣的生活，這種人是傻瓜。）

21. お金《かね》とは人《ひと》と人《ひと》との仲《なか》を引離《ひきはな》すものですから、お金《かね》についての問題《もんだい》は気《き》をつけて扱《あつか》わないと大変《たいへん》なことになります。

（金錢會使人與人之間的關係疏遠，所以對於有關金錢的問題如果不小心處理的話，則非同小可。）

22. なくてはならないものを買《か》って、なければなくてもすむものを買《か》わないのは正《ただ》しいお金《かね》の使《つか》い方《かた》です。

（買不可或缺的東西，不買沒有的話沒有也過得去的東西，這才是正確的金錢使用方法。）

23. 人間《にんげん》はただお金《かね》のみを追求《ついきゅう》していると、生《い》き甲斐《がい》がなくなってしまうものです。

（人如果只追求金錢的話，則失去了生存的意義。）

24. お金《かね》をためようと思《おも》ったら、質素《しっそ》な生活《せいかつ》をしなさい。

（如果想要存錢的話，請過儉樸的生活吧！）

25. 私《わたし》を貧乏人《びんぼうにん》にするのは私自身《わたしじしん》か他人《たにん》ですが、私《わたし》を金持《かねも》ちにすることのできるのは私自身《わたしじしん》だけです。

（會把我變成窮人的，可能是我自己，也可能是別人。但是能把我變成有錢人的，只有我自己而已。）

26. お金《かね》を生《い》かして使《つか》うのは難《むずか》しいことなんです。

（要有效地運用金錢，這是不簡單的事情。）

27. この世《よ》の中《なか》にはお金《かね》のほしくない人間《にんげん》はいないと言《い》えば言《い》えないこともないでしょう。

（要說「在這世界上沒有不想要錢的人」的話，也未嘗不可吧！）

28. 自分《じぶん》でお金《かね》を儲《もう》けて生活《せいかつ》してみないと、お金《かね》の大切《たいせつ》さがわかりません。

（不自己賺錢過過日子看的話，不會了解金錢的可貴。）

29. 成金《なりきん》には、お金《かね》の大切《たいせつ》さがわかりません。（暴發戶不知金錢的可貴。）

30. お金《かね》とは、自分《じぶん》の手《て》で儲《もう》けたものがほんもので、他人《たにん》から借《か》りてきたものはほんものではありません。

（所謂金錢，用自己的雙手賺的才是眞的，從別人那裡借來的不是眞的。）

31. 大金《おおがね》を儲《もう》けるのは自分《じぶん》の懐《ふところ》をこやすためではなく、多《おお》くの人《ひと》を仕合《しあわ》せにするためなんです。

（賺大錢，並不是爲了要讓自己的腰包飽滿，而是爲了讓更多的人幸福。）

32. 寄付《きふ》すべき時《とき》だったら、いくら貧乏《びんぼう》でも、一銭《いっせん》でもいいから寄付《きふ》してください。なぜなら、この場合《ばあい》の一銭《いっせん》は最大限《さいだいげん》の喜《よろこ》びにかえられますから。

（如果是在該捐款的時候，就算是再窮困，卽使是一分錢也好，請捐一捐吧！爲什麼呢？因為這種情形的一分錢能夠換取最大限度的喜悅。）

33. 普通《ふつう》の人《ひと》よりもお金《かね》のない生活《せいかつ》に耐《た》えられない人《ひと》のほうがずっと貯金《ちょきん》する必要《ひつよう》がありまます。

（對於沒錢的生活無法忍耐的人，要比一般人更有必要存錢。）

34. 確《たし》かにお金《かね》を儲《もう》けるというのは大変《たいへん》なことかもしれませんが、お金《かね》のない生活《せいかつ》はもっと大変《たいへん》なものではないかと思《おも》います。

（的確賺錢也許是件很辛苦的事情，可是過沒錢的日子不是件更辛苦的事情嗎？）

35. お金《かね》がないというのはいやしいことではありません。いやしいと思《おも》う心《こころ》がいやしいのです。

（沒錢並不低賤。認為沒錢是低賤的那個心才是低賤的。）

36. 人間《にんげん》は誰《だれ》でも金持《かねも》ちになりたいものです。（誰都想成為一個有錢人。）

37. 人《ひと》の前《まえ》でお金《かね》の出《だ》し入《い》れをしないように。（希望不要把錢露白才好。）

38. 拾《ひろ》ったお金《かね》は自分《じぶん》の手《て》にありますけれども、自分《じぶん》のものではありませんから、ねこばばしてはいけません。

（撿到的錢，雖然是在自己的手上，但並不是屬於自己的東西，所以不可以歸為己有。）

39. お金《かね》は私《わたし》たちの生活《せいかつ》になくてはならないものなんです。

（錢是我們生活中不可或缺的東西。）

40. その日暮《ひぐら》しの生活《せいかつ》をする人《ひと》はいつまでも金持《かねも》ちになれません。

（過著當天賺當天花的生活，這種人永遠也無法成爲有錢人。）

41. いくら貧乏《びんぼう》でも、貧乏《びんぼう》を乗《の》り越《こ》える自信《じしん》を持《も》っていなければなりません。

（就算再窮困，也得有渡過窮困的信心。）

42. お金《かね》は人《ひと》を笑《わら》わせますし、人《ひと》を泣《な》かせもします。（錢會讓人笑，也會讓人哭。）

43. お金《かね》で問題《もんだい》をおこすのはよくあることですし、お金《かね》で問題《もんだい》を解決《かいけつ》するのもよくあることです。

（因錢而發生問題，此乃常有之事。用錢解決問題，這也是常有之事。）

44. お金《かね》はきれいな物《もの》だと思《おも》う人《ひと》はたくさんいるでしょう。

（認爲錢是很美的東西，這種人有不少吧！）

【註釋】

1. 〜と思《おも》ってはならない：不可以爲〜。

2. 遂《と》げる：達到、達成。

行《おこ》ない：行爲。
手《て》に入《い》れる：得手。
3.支配《しはい》される：被支配。
世《よ》の中《なか》：世上。
5.お金《かね》をもうける：賺錢。
6.使《つか》い方《かた》：使用方法。
金《かね》持《も》ち：有錢人。
し：表示並列。
貧乏人《びんぼうにん》：窮人。
7.心強《こころづよ》い：心中有依仗的、膽大的。
心細《こころぼそ》い：心中沒底的、心裏發慌的。
8.〜ば〜ほど：越〜越〜。
もうけられない：賺不到。
〜ような気《き》がする：覺得好像〜。
9.〜かもしれません：也許〜。

10.大切《たいせつ》さ：重要。
11.左右《さゆう》される：被左右。
上品《じょうひん》な人《ひと》：高尚的人。
12.一銭《いっせん》：一分錢。
粗末《そまつ》にする：浪費。
13.しか＋否定：只〜。
ずっと：一直。
14.いくら〜ても：即使再〜也〜。
悩《なや》む：苦惱、憂愁。
すぐ：立刻。
15.一方《いっぽう》で〜一方《いっぽう》で〜：一方面〜一方面〜。
金儲《かねもう》け：賺錢。
倹約《けんやく》：節儉。
近道《ちかみち》：捷徑。
16.仕事《しごと》：工作。

終局《しゅうきょく》：最後。
17.いい気《き》：想得天眞、想得好。
18.成金《なりきん》：暴發戶。
安全《あんぜん》：安全。
19.贅沢《ぜいたく》な暮《く》らし：奢侈的生活。
～ないほうがいい：不要～比較好。
～と思《おも》います：我認爲～。
20.のに：却。
見習《みなら》う：學習、見習。
派手《はで》：闊氣。
馬鹿者《ばかもの》：傻瓜。
21.仲《なか》：交情、關係。
引離《ひきはな》す：拉開、使疏遠。
～について：有關～。
気《き》をつける：小心。

扱《あつか》う：處理。
大変《たいへん》：不得了。
22.なくてはならない：不可或缺。
なくてもすむ：沒有也過得去。
正《ただ》しい：正確的。
23.ただ～のみ：只～。
追求《ついきゅう》する：追求。
生《い》き甲斐《がい》：生存的意義。
24.お金《かね》をためる：存錢。
動詞未然形＋よう《う》と思《おも》う：想要～。
質素《しっそ》な生活《せいかつ》：儉樸的生活。
25.～か～：～或者～。
26.生《い》かす：有效利用。
30.ほんもの：眞貨、眞的。
他人《たにん》：別人。

借《か》りる：借進。

31. 大金《おおがね》：大錢。

懐《ふところ》：腰包。

こやす：飽。

ため：爲了。

32. 寄付《きふ》：捐贈。

べき：應該。

〜てください：請〜。

場合《ばあい》：情形。

最大限《さいだいげん》：最大限度。

喜《よろこ》び：喜悅。

かえる：換。

33. 耐《た》えられない：無法忍耐。

貯金《ちょきん》：存錢。

必要《ひつよう》がある：有必要。

34. 確《たし》かに：的確。

大変《たいへん》：辛苦。

もっと：更。

35. いやしい：低賤。

37. 出《だ》し入《い》れ：出取和放入、拿進拿出。

38. 拾《ひろ》う：撿、拾。

ねこばば：歸爲己有。

〜てはいけない：不可以〜。

40. その日暮《ひぐら》し：當天賺當天花。

41. 乗《の》り越《こ》える：渡過。

42. 笑《わら》わせる：讓人笑。

し：表並列。

泣《な》かせる：讓人哭。

43. 問題《もんだい》をおこす：發生問題。

よくあること：常有之事。

44. 物《もの》：東西。

十、おこる

1. つまらないことでおこってはなりません。（不可爲一點小事而生氣。）

2. おこっても、すぐ顔《かお》に現《あらわ》してはいけません。

（就算生氣，也不可將那個「生氣」立刻表現在臉上。）

3. 先《ま》ず我慢《がまん》してみなさい。もしどうしても我慢《がまん》できなかったら、ちょっとおこりなさい。決《けっ》して火《ひ》のように怒《おこ》ってはいけません。怒《おこ》ると胃《い》によくないといいますから。

（首先請試著忍耐看看吧！如果實在無法忍耐的話，請稍微地生生氣。決不可像火一樣地大大地生氣，因爲俗語說得好「生氣會把胃弄壞的」。）

4. 他人《たにん》の間違《まちが》いならいざ知《し》らず、自分《じぶん》の間違《まちが》いなのに、人《ひと》のせいにしておこってはいけません。

（如果是別人的錯誤，那還有話可說，而明明是自己的錯誤，卻怪罪他人而生氣，這是不可以的。）

5. 怒《おこ》りっぽい人《ひと》は人《ひと》に敬遠《けいえん》されます。（愛生氣的人，被人敬而遠之。）

6．いくらおこっても、問題《もんだい》は解決《かいけつ》しません。（生再大的氣也不會解決問題的。）

7．修養《しゅうよう》のある人《ひと》はおこりません。（有修養的人不生氣。）

8．おこる人《ひと》は馬鹿者《ばかもの》です。（生氣的人是傻瓜。）

9．おこっている人《ひと》には近寄《ちかよ》らないほうがいいです。（不要接近正在生氣的人比較好。）

10．怒《おこ》るのは自分《じぶん》ですから、他人《たにん》にやつあたりしてはいけません。（生氣乃是自己的事情，所以不可以遷怒他人。）

【註釋】

1.つまらないこと：小事、無謂的事。

～てはなりません：不可～。

おこる：生氣。

2.すぐ：立刻。

現《あらわ》す：表現。

～てはいけません：不可～。

3.先《ま》ず：首先。

我慢《がまん》：忍耐。

～てみなさい：請試著～。

もし：如果。

どうしても＋否定：怎麼樣也不～。

決《けっ》して＋否定：決不～。

火《ひ》のよう：像火一樣。

4.間違《まちが》い：錯誤。

いざ知《し》らず：那還有話可說、那還可以。
のに：卻。
人《ひと》のせいにする：怪別人。
〜てはいけません：不可以〜。
5. 怒《おこ》りっぽい：愛生氣的。
敬遠《けいえん》する：敬而遠之。
6. いくら〜ても：再〜也〜。

問題《もんだい》：問題。
解決《かいけつ》する：解決。
7. 修養《しゅうよう》：修養。
8. 馬鹿者《ばかもの》：傻瓜。
9. 近寄《ちかよ》る：接近、靠近。
10. やつあたり：遷怒、對誰都發火。

十一、男《おとこ》と女《おんな》

1. 男女関係《だんじょかんけい》のもつれほどほぐしにくいものはないでしょう。

（沒有比男女之間的糾葛更難解開的了吧！）

2. 男女関係《だんじょかんけい》のもつれはほぐせばほぐすほどこんがらかるものです。

（男女之間的糾葛是越理越亂。）

3. 正常《せいじょう》な男女関係《だんじょかんけい》とは二人《ふたり》だけの場合《ばあい》で、三人以上《さんにんいじょう》だったら、どうしても理想的《りそうてき》な関係《かんけい》になれません。

（正常的男女關係只是兩個人而已，如果是三個人以上的話，是怎麼樣也不能構成理想的關係的。）

4. 男《おとこ》が仮面《かめん》をかぶるように、女《おんな》も仮面《かめん》をかぶります。

（就如同男人會帶假面具一樣，女人也是會帶假面具的。）

5. 「男《おとこ》は度胸《どきょう》、女《おんな》は愛嬌《あいきょう》」と言《い》いますのに、この世《よ》の中《なか》には、男《おとこ》らしくない男《おとこ》もたくさんいますし、女《おんな》らしくない女《おんな》もたくさんいます。

（俗語說得好「男人要勇敢，女人要溫柔」。可是在這世界上，卻有很多不像男人的男人，也有很多不像女人的女人。）

6. 男《おとこ》は女《おんな》よりも心《こころ》にもない言葉《ことば》を言《い》うのが上手《じょうず》です。（男人要比女人會說言不由衷的話。）

7. 男《おとこ》も女《おんな》も芝居上手《しばいじょうず》です。（男人、女人都很會演戲。）

8. 男《おとこ》だけでなく、女《おんな》もかわいい子《こ》を見《み》るのが好《す》きです。

（不只是男人，女人也一樣喜歡看漂亮的小姐。）

9. 女《おんな》は男《おとこ》のために自分《じぶん》をきれいにするように、男《おとこ》も女《おんな》のために体裁《ていさい》を繕《つくろ》います。

（就如同女人會爲了男人而打扮自己一樣，男人也會爲了女人修飾外表。）

10. 浮気《うわき》をするのは以前《いぜん》は男《おとこ》だけでしたが、この頃《ごろ》では男《おとこ》ばかりではありません。この点《てん》から見《み》ると、この世《よ》の中《なか》はますますだめになっていきます。

（所謂的見異思遷、亂來，以前是只有男的如此而已，可是近來不只是男的了。從這一點看來，這世界會愈來愈糟了。）

11. 仕事《しごと》をするのは前《まえ》は男《おとこ》だけでしたが、今《いま》は共稼《ともかせ》ぎが多《おお》くなっています。これはいいとも悪《わる》いとも言《い》えません。

（所謂的工作，以前只是男人的事而已，而現在多是夫婦一起出外工作。我認爲這很難說好不好。）

12. 男《おとこ》の強《つよ》さは表《おもて》にも裏《うら》にもあるものですが、女《おんな》の強《つよ》さはただ裏《うら》にだけあるものでなければなりません。

（男人的堅強表現於裏和外，而女人的堅強則只可以表現在裏面而已。）

【註釋】

1. もつれ：糾葛、糾紛。
ほぐす：理開、解開。
ほぐしにくい：難解開。

2. 〜ば〜ほど：越〜越〜。
こんがらかる：混亂。

3. 正常《せいじょう》：正常。
以上《いじょう》：以上。
どうしても＋否定：怎麼樣也不〜。
理想《りそう》：理想。

なれる：能成爲。

4. 仮面《かめん》をかぶる：帶假面具。

5. 度胸《どきょう》：膽量。
愛嬌《あいきょう》：和藹。
のに：卻。
世《よ》の中《なか》：世界上。
男《おとこ》らしい：有男子氣概的。
女《おんな》らしい：像女人的。

6. 心《こころ》にもない言葉《ことば》：不是發自內心的話。

上手《じょうず》：棒、能手。
7. 芝居上手《しばいじょうず》：很會演戲。
9. 体裁《ていさい》を繕《つくろ》う：修飾外表。
10. 浮気《うわき》をする：見異思遷、亂來。
ますます：越發。
だめ：糟糕。

11. 共稼《ともかせ》ぎ：夫婦共同工作。
いいとも悪《わる》いとも言《い》えない：很難說好不好。
12. 強《つよ》さ：堅強、強度。
表《おもて》：表面、外觀。
裏《うら》：裏面、內部。
ただ～だけ：只～。

十二、学問《がくもん》

1. 学問《がくもん》を振《ふ》りまわさない人《ひと》は学問《がくもん》のある人《ひと》です。（不賣弄學問的人是有學問的人。）

2. 私《わたし》は学問《がくもん》のある人《ひと》ですと自分《じぶん》で言《い》う人《ひと》は、決《けっ》して学問《がくもん》のある人《ひと》ではありません。

（自己說自己是個有學問的人，其人必定不是個有學問的人。）

3. がんばりなさい。「学問《がくもん》には王道《おうどう》なし」というではありませんか。

（加油吧！俗語不是說嗎？「學問是沒有捷徑的」。）

4. 知識《ちしき》だけが学問《がくもん》ではありません。本当《ほんとう》の学問《がくもん》は知識《ちしき》と道徳《どうとく》です。

（學問不只是知識。眞正的學問是知識和道德。）

5. 学問《がくもん》とは詰《つ》めこむものではありません。（所謂學問，不是死記的東西。）

6. 学問《がくもん》というものは、人間《にんげん》を仕合《しあわ》せにする学問《がくもん》がほんもので、人間《にんげん》の生活《せいかつ》に役立《やくだ》たない学《がく》問《もん》はほんものではありません。

（所謂學問，能使人類幸福的才是眞學問，對人類的生活沒有助益的不是眞學問。）

7. 人人《ひとびと》から羨《うらや》まれるほどの学問《がくもん》があるとしても、いい気《き》になってはいけません。なぜなら、謙遜《けんそん》することをよく知《し》っている人《ひと》こそ学問《がくもん》のある人《ひと》なんですから。

（就算擁有被大家所羨慕般的學問，也不可以得意自喜。爲什麼呢？因爲懂得謙虚的人才是有學問的人。）

8. 限《かぎ》りある時間《じかん》をかけて、限《かぎ》りない学問《がくもん》をするのですから、学問《がくもん》をするということは本当《ほんとう》に難《むずか》しいことです。

（要用有限的時間去作無限的學問，所以作學問眞的是件很困難的事情。）

9. 学問《がくもん》をするというのはともすれば大変《たいへん》なもののように思《おも》われがちですが、決《けっ》してそうではないのです。

（作學問，往往讓人覺得這是件很辛苦的事情，但絕對不是這樣的。）

10. 学問《がくもん》はお金《かね》では買《か》えない宝物《たからもの》ですから、お金《かね》にしようと思《おも》ったら、一文《いちもん》の値打《ねうち》もなくなってしまいます。

（所謂學問是無法用金錢買到的寶物，所以想要把它換成金錢時，也就一文不值了。）

【註釋】

1. 振《ふ》りまわす：賣弄。　学問《がくもん》のある人《ひと》：有學問的人。

2. 決《けっ》して＋否定：決不～。
3. がんばる：加油。
学問《がくもん》には王道《おうどう》なし：學問沒有捷徑，要下工夫。
4. 知識《ちしき》：知識。
道徳《どうとく》：道德。
5. とは：所謂。
詰《つ》めこむ：死記、塡鴨。
6. 仕合《しあわ》せ：幸福。
ほんもの：眞的、眞東西。
役立《やくだ》つ：有用。
7. 羨《うらや》まれる：被羨慕。
ほど：程度。

～としても：就算～。
いい気《き》になる：得意自喜。
～てはいけません：不可以～。
なぜなら～から：爲什麼呢？因爲～。
こそ：才。
8. 限《かぎ》りある：有限的。
限《かぎ》りない：無限的。
9. ともすれば～がちだ：往往～。
10. 買《か》えない：買不到。
宝物《たからもの》：寶物。
お金《かね》にする：變錢、出賣。
一文《いちもん》の値打《ねうち》もない：一文不値。

十三、学校《がっこう》の勉強《べんきょう》と成績《せいせき》

1. 成績《せいせき》の悪《わる》い原因《げんいん》は自分《じぶん》にあります。学校《がっこう》の先生《せんせい》がだめだからとか、学校《がっこう》の設備《せつび》がととのっていないとかいう理由《りゆう》をつけてはいけません。

（成績差的原因在自己。「學校的老師太差勁了」、「學校的設備不完善」等等，找理由的話是不可以的。）

2. 成績《せいせき》とは自分自身《じぶんじしん》とくらべるもので、他人《たにん》とくらべるものではありません。

（所謂成績，是要和自己比的，不是跟別人比的。）

3. 成績《せいせき》は悪《わる》くてもかまいませんが、上《あ》がればそれでいいと思《おも》います。

（我認爲成績不好並沒有什麼，只要成績上升就好。）

4. 知《し》っている単語《たんご》を忘《わす》れないようにするためには、復習《ふくしゅう》する必要《ひつよう》があると思《おも》います。

（爲了能夠不要把知道的單字忘記，我認爲有必要複習。）

5. 予習《よしゅう》しなくてもかまいませんが、復習《ふくしゅう》しなくてはいけないと思《おも》います。

（我認爲不預習沒有關係，可是不複習不行。）

6.「日《ひ》によって、一分《いっぷん》も勉強《べんきょう》しなかったり、かと思《おも》うと、三時間《さんじかん》も五時間《ごじかん》も勉強《べんきょう》する」そうするよりも毎日《まいにち》一時間《いちじかん》ずつ勉強《べんきょう》したほうがいいと思《おも》います。

（我認爲與其有時候一天一分鐘也不讀書，或者有時又讀上三小時五小時，不如每天讀一小時來得好。）

7.いやいやながら勉強《べんきょう》すれば、勉強《べんきょう》はおもしろくなくなりますし、成績《せいせき》は下《さ》がるばかりです。

（勉強讀書的話，讀書會變得沒意思，而且只會成績下降而已。）

8.一生懸命勉強《いっしょうけんめいべんきょう》しないと上達《じょうたつ》は望《のぞ》めないのです。（不努力用功的話，是無法指望進步的。）

9.いい点《てん》がほしいためにいやいやながら勉強《べんきょう》するほど苦痛《くつう》なことはありません。

（爲了想要高分而勉強地讀書，這是最累的事情了。）

10.学校《がっこう》の成績《せいせき》のいい学生《がくせい》が必《かなら》ずしも立派《りっぱ》な人間《にんげん》になるとは限《かぎ》りませんし、成績《せいせき》の悪《わる》い学生《がくせい》が立派《りっぱ》な人間《にんげん》になれないとも限《かぎ》りません。

（學校成績好的學生未必會成爲一個卓越的人，學校成績不好的學生也未必不能成爲一個卓越的人。）

11.いくら頭《あたま》がいいからといって、一生懸命勉強《いっしょうけんめいべんきょう》しなければ成績《せいせき》はよくなりません。

（雖說頭腦好，但如果不好好地用功的話，成績是不會好的。）

12. どこの学校《がっこう》でも、最低点《さいていてん》でいいという学生《がくせい》の好《す》きな先生《せんせい》は一人《ひとり》もいないでしょう。

（不論在任何學校裏，都不會有老師喜歡只想考六十分就好的學生吧！）

13. 山《やま》をかけるよりは、むしろ試験《しけん》を受《う》けないほうがいいです。

（與其猜題，不如不參加考試倒還好。）

14. 学校《がっこう》の勉強《べんきょう》というものは先生《せんせい》のためにするのではなくて、自分《じぶん》のためにするものなんです。

（學校的功課，不是爲老師讀的，而是爲自己讀的。）

【註釋】

1. 原因《げんいん》：原因。

～とか～とか：～啦～啦。

設備《せつび》：設備。

ととのう：齊備、完備。

理由《りゆう》をつける：找藉口、找理由。

～てはいけない：不可以～。

2. 自分自身《じぶんじしん》：自己。

くらべる：比較、比賽。

3. ～てもかまわない：～也沒關係。

上《あ》がる：上升。

〜と思《おも》う：我認爲〜。

4.単語《たんご》：單字。

忘《わす》れる：忘記。

ため：爲了。

復習《ふくしゅう》する：複習。

必要《ひつよう》がある：有必要。

5.予習《よしゅう》する：預習。

〜なくてもかまわない：不〜也可。

〜なくてはいけない：不〜不行。

6.かと思《おも》うと：或者是。

〜よりも〜ほうがいい：與其〜不如〜。

7.いやいやながら：勉強。

し：用於並列陳述。

下《さ》がる：下降、後退。

ばかり：只。

8.一生懸命《いっしょうけんめい》：拚命地。

上達《じょうたつ》：進步。

望《のぞ》む：指望。

9.いい点《てん》：高分、好分數。

ほしい：想要。

〜ほど〜はない：最〜。

10.必《かなら》ずしも〜とは限《かぎ》らない：不一定〜。

立派《りっぱ》：卓越、出色。

11.〜からといって：雖說〜。

12.最低点《さいていてん》：最低分。

13.山《やま》をかける：猜題。

むしろ：索性、莫如。

試験《しけん》を受《う》ける：參加考試。

十四、勝《か》つことと負《ま》けること

1. 勝《か》っても、何《なに》も喜《よろこ》ぶことはないです。なぜなら、負《ま》ける者《もの》がいてこそ、勝《か》つ者《もの》がいるからです。

（雖然是贏了，也沒有什麼好高興的。爲什麼呢？因爲就是因爲有輸家，才會有贏家的。）

2. このたび負《ま》けたら、この次《つぎ》も負《ま》けるとは限《かぎ》りません。同《おな》じように、このたび勝《か》ったからといって、この次《つぎ》も勝《か》つとは限《かぎ》りません。

（就如同這一次輸了，可是不見得下一次也會輸一樣，這一次贏了，可是不見得下一次也會贏。）

3. 人生《じんせい》とは勝《か》つこともありますし、負《ま》けることもあるものなんです。

（所謂人生，是有贏也有輸的。）

4. 勝《か》っても負《ま》けても、あまり気《き》にしないほうがいいです。

（贏也好，輸也好，都不要太放在心上比較好。）

5. 勝《か》つことばかりで負《ま》けることは全然《ぜんぜん》ないというのは甘《あま》い考《かんが》えです。

（光是贏，完全沒有輸，這眞是想得美。）

6. 勝《か》ち味《み》のない競争《きょうそう》でも、力《ちから》を尽《つ》くしてやりなさい。

（即使是沒有勝算的競爭，也請努力而爲吧！）

7. ともすればちょっとした不注意《ふちゅうい》から負《ま》けることが多《おお》く、力《ちから》を尽《つ》くしてやったからといって勝《か》つとは限《かぎ》らない世《よ》の中《なか》なんです。

（這是一個往往因爲小小的不注意就會輸而雖說盡了力量卻不見得會贏的世界。）

8. 負《ま》けたとしても、負《ま》け振《ぶ》りがよくなければいけません。（就算輸了，輸的態度也得好。）

9. 負《ま》け惜《お》しみは、反省《はんせい》ではありません。反省《はんせい》しないと、進歩《しんぽ》できません。進歩《しんぽ》できないと、また負《ま》けます。ですから、負《ま》け惜《お》しみはまた負《ま》けることを意味《いみ》しています。

（不認輸不是反省。不反省的話，則不能進步。不能進步的話，則會再輸。所以，不認輸就是意味著再輸。）

10. 勝《か》たなかったことは負《ま》けたことですから、勝負《しょうぶ》がつかなかったということは負《ま》けたことなんです。

（不贏就是輸，所以所謂的不分勝負就是輸了。）

11. 勝《か》っても喜《よろこ》びすぎてはいけないように、負《ま》けてもひどく悲《かな》しむ必要《ひつよう》はありません。

（就如同勝了也不可過於得意一樣，輸了也沒有必要太悲傷。）

12. 「勝《か》って兜《かぶと》の緒《お》を締《し》めよ」と言《い》いますから、勝《か》ったからといって油断《ゆだん》してはいけません。

（俗語說得好「雖勝仍把盔帶繫好吧」，所以雖說是勝了，也不可以疏忽大意。）

【註釋】

1. 勝《か》つ：贏。

なぜなら～からです：爲什麼呢？因爲～。

負《ま》ける：輸。

2. このたび：這次。

この次《つぎ》：下次。

3. ～とは：所謂。

～とは限《かぎ》らない：不見得～。

し：表並列之助詞。

4. 気《き》にする：放在心上。

～ないほうがいい：不要～比較好。

5. ばかり：只、光。

全然《ぜんぜん》ない：完全沒有。

甘《あま》い：傻的、天眞的。

考《かんが》え：想法。

6. 勝《か》ち味《み》：得勝的希望、勝算。

競争《きょうそう》：競爭。

力《ちから》を尽《つ》くす：盡力。

7. ともすれば～：往往～。

ちょっとした不注意《ふちゅうい》：小小的不注意。
〜からといって〜とは限《かぎ》らない：雖說〜不見得〜。
世《よ》の中《なか》：世界。
8. 〜としても：就算〜。
負《ま》け振《ぶ》りがいい：輸的態度良好。
〜なければいけない：不〜不行。
9. 負《ま》け惜《お》しみ：不認輸、不服輸。
反省《はんせい》する：反省。
進歩《しんぽ》できない：不能進步。

意味《いみ》する：意味著。
10. 勝負《しょうぶ》がつかない：不分勝負。
11. 喜《よろこ》びすぎる：過於高興。
〜てはいけない：不可〜。
悲《かな》しむ：傷心、悲傷。
12. 兜《かぶと》：盔。
緒《お》：線繩、細帶。
締《し》める：繫結、勒緊。
油断《ゆだん》：疏忽大意。

十五、教育《きょういく》

1. 教育《きょういく》のある人《ひと》と教育《きょういく》のない人《ひと》はすぐ見分《みわ》けられます。

（受過教育的人和沒受過教育的人是馬上就能辨別出來的。）

2. 人《ひと》を教育《きょういく》できる人《ひと》が教育《きょういく》の高《たか》い人《ひと》とは限《かぎ》りません。

（能教育人的人不見得是受過高等教育的人。）

3. 教育《きょういく》がひくいからといって学問《がくもん》や躾《しつけ》がないとは限《かぎ》りません。

（雖說受的教育不高，但不見得沒有學問、教養。）

4. 教育《きょういく》があるのに教育《きょういく》がないと言《い》われた人《ひと》は、もう一度《いちど》幼稚園《ようちえん》からやり直《なお》されることをお勧《すす》めします。

（明明受過教育卻被別人說沒受過教育，這樣的人我勸您從幼稚園開始再來一次吧！）

5. いくら教育《きょういく》を受《う》けたって、僕《ぼく》は教育《きょういく》のある人《ひと》だよと言《い》いふらすようではだめです。

（就算受了再多的教育，也不能這樣去宣揚吧！「我可是受了教育的人囉」。）

6. 教育《きょういく》のない人《ひと》でも、僕《ぼく》は教育《きょういく》のない人《ひと》だと人《ひと》に言《い》う必要《ひつよう》はないと思《おも》います。

（我認為即使是個沒受教育的人，也沒有必要告訴人我是個沒受教育的人。）

7. 私《わたし》たちは大金《おおがね》を儲《もう》けるために教育《きょういく》を受《う》けるのではなくて、躾《しつけ》のために教育《きょういく》を受《う》けるのです。

（我們不是為了要賺大錢才接受教育的，而是為了要有教養才接受教育的。）

8. 高《たか》い教育《きょういく》を受《う》けたとしても、自分《じぶん》の身《み》のほどを知《し》らなければなりません。

（就算受了高等教育，也不能不知自量。）

9. 教育《きょういく》を受《う》ける前《まえ》と教育《きょういく》を受《う》けた後《あと》とでは、必《かなら》ず何《なに》か違《ちが》うところがあると思《おも》います。そうでないと、教育《きょういく》を受《う》けなかったことと同《おな》じになります。

（我認為在受教育之前和受了教育之後，一定有什麼不同的地方才對。不然的話，就等於沒有受教育了。）

10. 教育《きょういく》とは鞭《むち》がなければならないものです。（所謂教育，是少不了鞭子的。）

11. 愛《あい》のない教育《きょういく》は動物《どうぶつ》を訓練《くんれん》するようなものです。

（教育裏沒有愛的話，就等於是在訓練動物。）

12. 心《こころ》の教育《きょういく》を受《う》けることを忘《わす》れますな。（不要忘了接受心靈的教育。）

13. 教育《きょういく》を受《う》けるのは子《こ》どもだけだと思《おも》うのは間違《まちが》いだと思《おも》います。家庭教育《かていきょういく》や社会教育《しゃかいきょういく》では、子《こ》どもだけでなく、大人《おとな》も学生《がくせい》でなければなりません。

（以爲受教育只是小孩子的事的話，我認爲這是錯誤的，像家庭教育、社會教育等就不只是小孩子了，大人也得是學生才行。）

14. 教育《きょういく》とは愛《あい》と根気《こんき》と方法《ほうほう》の三《みっ》つのものからなっているのです。

（所謂教育，是由愛、耐心、方法三樣東西所構成的。）

【註釋】

1. 見分《みわ》けられます：能夠辨別、能夠區分。（乃「見分《みわ》ける」的可能動詞）
2. ～とは限《かぎ》りません：不見得～。
3. ～からといって～とはかぎりません：雖說～但不見得～。
4. やりなおされる：「やりなおす」的尊敬語。

躾《しつけ》：教養。

勧《すす》める：勸。

5. いくら～たって：就算再～也～。

教育《きょういく》を受《う》ける：受教育。

言《い》いふらす：宣揚。

7. 大金《おおがな》：大錢、巨款。

儲《もう》ける：賺。

ため：爲了。

8. ～としても：就算～也～。

身《み》のほど：身分、分寸。

身《み》のほどを知《し》らない：不知自量。

～なければなりません：不～不行。

9. 必《かなら》ず：一定。

違《ちが》う：不同。

～と思《おも》います：我認爲～。

そうでないと：不然的話。

10. 鞭《むち》：鞭子。

11. 訓練《くんれん》する：訓練。

12. な：表禁止。

13. 間違《まちが》い：錯誤。

家庭教育《かていきょういく》：家庭教育。

社会教育《しゃかいきょういく》：社會教育。

大人《おとな》：大人。

～でなければならない：得是～。

14. 根気《こんき》：耐性、耐心。

～からなっている：由～構成。

十六、享楽《きょうらく》

1. 享楽的《きょうらくてき》な生活《せいかつ》は悪《わる》いですが、追求《ついきゅう》する人《ひと》はたくさんいます。
（享樂的生活雖然不好，但是却有很多人去追求它。）

2. 享楽的《きょうらくてき》な生活《せいかつ》を追求《ついきゅう》する人《ひと》はいつかは必《かなら》ず後悔《こうかい》する時《とき》が来《き》ます。
（追求享樂生活的人，總有後悔的一天。）

3. 享楽的《きょうらくてき》な生活《せいかつ》を放棄《ほうき》する時《とき》はお金《かね》のない時《とき》でしょう。
（放棄享樂生活的時候就是沒錢的時候了吧！）

4. 享楽《きょうらく》を追求《ついきゅう》する人《ひと》は心《こころ》の満足《まんぞく》が得《え》られません。（追求享樂的人，得不到心靈上的滿足。）

5. 享楽的《きょうらくてき》な生活《せいかつ》を理想的《りそうてき》な生活《せいかつ》だと思《おも》う人《ひと》は、いつまでも本当《ほんとう》の理想的《りそうてき》な生活《せいかつ》をすることはできません。
（把享樂生活看成是理想生活的人，永遠也無法過眞正的理想生活。）

6. 心《こころ》の空虚《くうきょ》な人《ひと》こそ享楽《きょうらく》を追求《ついきゅう》します。（心靈空虛的人才會追求享樂。）

7. 人生《じんせい》とは享楽《きょうらく》を追求《ついきゅう》すればするほど、空虚《くうきょ》になるものです。

（人生愈追求享樂愈感空虛。）

8. 一時《ひととき》の享楽《きょうらく》はできますが、一生享楽《いっしょうきょうらく》することはできません。

（能享樂一時而無法享樂一世。）

9. 享楽《きょうらく》に耽《ふけ》っている人《ひと》は意志《いし》が弱《よわ》い人《ひと》です。（沉迷於享樂的人是意志薄弱的人。）

10. いくらお金《かね》があっても、いくら時間《じかん》があっても、享楽《きょうらく》を追求《ついきゅう》してはいけません。

（即使再有錢，即使再有時間，也不可以追求享樂。）

【註釋】

1. 享楽的《きょうらくてき》な生活《せいかつ》：驕奢淫逸的生活。
4. 得《え》られない：得不到。
5. いつまでも：永遠。
動詞連體形＋ことはできない：無法～。
こそ：才。
6. 空虛《くうきょ》：空虛。
7. ～ば～ほど：愈～愈～。
8. 一時《ひととき》：一時、暫時。
一生《いっしょう》：一生、一輩子。
9. 耽《ふけ》る：沉迷。
意志《いし》が弱《よわ》い：意志薄弱。
10. いくら～ても～：再～也～。
～てはいけない：不可以～。

十七、虚栄心《きょえいしん》

1. 虚栄心《きょえいしん》の強《つよ》い人《ひと》は満足《まんぞく》とは何《なに》かがわからない人《ひと》なんです。

（虛榮心强的人，是不知滿足爲何物的人。）

2. 虚栄心《きょえいしん》の強《つよ》い人《ひと》はことに成功《せいこう》というものが好《す》きなのです。でも、堅実《けんじつ》に仕事《しごと》をするのがきらいで、ともすれば失敗《しっぱい》しがちですから、いつも苦《くる》しいです。

（虛榮心强的人特別喜歡成功。但是不喜歡踏實地工作，往往失敗，所以總是很痛苦。）

3. もし虚栄心《きょえいしん》を持《も》ち続《つづ》けたいなら、せっせとお金《かね》を儲《もう》ける以外《いがい》に方法《ほうほう》はないです。でも、虚栄心《きょえいしん》の強《つよ》い人《ひと》はせっせと仕事《しごと》をしてお金《かね》を儲《もう》けるような人《ひと》ではありませんから、ともすれば横道《よこみち》に入《はい》りがちです。

（如果想要繼續擁有虛榮心的話，只有拚命賺錢，別無他法了。可是虛榮心强的人並不是拚命工作來賺錢之類的人，所以往往走上了歧途。）

4. 値段《ねだん》が高《たか》ければ、品質《ひんしつ》が悪《わる》くても、買《か》おうとするのは虚栄心《きょえいしん》です。

（只要價錢貴，即使品質不好，也要買，這就是虛榮心。）

5. 虚栄心《きょえいしん》を満《み》たすために悪《わる》いことをするのは馬鹿者《ばかもの》です。
（為了滿足虛榮心而做壞事的人是傻瓜。）

6. 虚栄心《きょえいしん》とは満《み》たしにくいものなんです。（虛榮心是個難滿足的東西。）

7. 虚栄心《きょえいしん》が強《つよ》ければ、いつかは必《かなら》ず苦《くる》しい目《め》にあうにちがいありません。
（虛榮心强的話，遲早一定會受苦的。）

8. 満《み》たしにくければ満《み》たしにくいほど満《み》たそうとするのが虚栄心《きょえいしん》なんです。
（愈難滿足就愈要滿足，這就是虛榮心了。）

9. 虚栄心《きょえいしん》とは取《と》り除《のぞ》きにくいものですが、取《と》り除《のぞ》かなければならないものです。
（虛榮心是一個難除掉而又不得不除掉的東西。）

10. 虚栄心《きょえいしん》を早《はや》く取《と》り除《のぞ》けば早《はや》く取《と》り除《のぞ》くほど生活《せいかつ》はそれだけ楽《らく》になります。
（虛榮心越早去除，相等地生活就越早輕鬆。）

【註釋】

1. 虚栄心《きょえいしん》が強《つよ》い：虛榮心强。　堅実《けんじつ》に：踏實地。

2. ことに：特別地、格外地。　ともすれば～がちだ：往往～。

苦《くる》しい：痛苦的、煩悶的。

3.せっせと：拚命地。

お金《かね》を儲《もう》ける：賺錢。

以外《いがい》：以外、之外。

横道《よこみち》に入《はい》る：走上歧途。

4.値段《ねだん》：價錢。

品質《ひんしつ》：品質。

5.満《み》たす：滿足。

ため：爲了。

馬鹿者《ばかもの》：傻瓜。

6.とは：所謂。

動詞連用形＋にくい：難～。

7.苦《くる》しい目《め》にあう：受苦。

～にちがいない：一定～。

8.～ば～ほど：愈～愈～。

9.取《と》り除《のぞ》く：除去、去掉。

～なければならない：不得不～。

10.それだけ：相等地。

楽《らく》：輕鬆。

十八、けいべつ

1. 人《ひと》をけいべつする人《ひと》は人《ひと》にけいべつされます。（輕視人的人恆被人輕視之。）

2. けいべつされるべき人《ひと》をけいべつしてもいいですが、けいべつされるべからざる人《ひと》をけいべつしてはだめです。（可以輕視一個該被輕視的人，不可輕視一個不該被輕視的人。）

3. いくらなんでも人《ひと》をけいべつしないほうが自分《じぶん》のためになります。（不管再怎麼樣也不要輕視別人，如此比較對自己有益處。）

4. けいべつの目《め》は人《ひと》にきらわれるものです。（輕視人的眼睛是被人所討厭的。）

5. けいべつされるからと言《い》って、自棄《やけ》になれば、けいべつはもっとひどくなるだけです。（雖說被人輕視，但如果自暴自棄的話，只是會更加被人輕視。）

6. 人《ひと》にけいべつされたことのない人《ひと》はけいべつされた苦《くる》しさがわかりにくいです。（沒有被人輕視過的人，很難了解被輕視的難受。）

7. 人《ひと》にけいべつされないように努力《どりょく》しないかぎり、自分《じぶん》をけいべつする人《ひと》を追《お》い出《だ》すことはできないのです。

（除非努力於自己不被人輕視，不然就無法趕走輕視自己的人。）

8.けいべつされた人《ひと》はよく反省《はんせい》しなさい。（被人輕視的人，好好地反省一下吧！）

9.けいべつされるような言動《げんどう》がなければ、人《ひと》にけいべつされません。

（如果沒有叫人輕視的言行的話，是不會被人輕視的。）

10.いつも自分《じぶん》で自分《じぶん》をけいべつしていたら、誰《だれ》からもけいべつされるようになります。

（如果自己老是輕視自己的話，那就會被每個人輕視了。）

11.けっして自分《じぶん》で自分《じぶん》をけいべつしないように。（但願你不要自己輕視自己。）

12.自分《じぶん》で自分《じぶん》をけいべつする人《ひと》はけっして成功者《せいこうしゃ》ではありませんし、成功者《せいこうしゃ》になれません。

（自己都輕視自己的人，絕不是個成功的人，也絕不能成爲一個成功的人。）

【註釋】

1.けいべつする：輕視。

けいべつされる：被輕視。

3.いくらなんでも：不管再怎麼樣也。

ためになる：有好處。

4.きらわれる：被討厭。

5.～からと言《い》って～：雖說～但是～。

自棄《やけ》：自暴自棄。

6. ～たことがない：沒～過。

苦《くる》しさ：痛苦、難受。

わかりにくい：難了解的。

7. ～ないかぎり～ない：除非～不然就不～。

追《お》い出《だ》す：逐出、驅逐。

動詞連體形＋ことはできない：無法～。

8. よく：好好地。

反省《はんせい》する：反省。

9. 言動《げんどう》：言行。

なければ：沒有的話。

12. し：表並列。

十九、結《けっ》婚《こん》と結《けっ》婚《こん》生《せい》活《かつ》

1. 結婚生活《けっこんせいかつ》に罅《ひび》が入《はい》ると、何《なに》も彼《か》も思《おも》うままにいかないようになります。
（婚姻生活一發生裂痕的話，一切都會變得不如意了。）

2. 罅《ひび》の入《はい》った結婚生活《けっこんせいかつ》よりも、独《ひと》りの生活《せいかつ》のほうがいいと思《おも》います。
（我認爲與其過著有裂痕的婚姻生活，還不如過單身生活的好。）

3. 結婚生活《けっこんせいかつ》に罅《ひび》が入《はい》ると、君《きみ》のせいだ、あなたのせいだわとハズもワイフもよく言《い》いますが、二人《ふたり》とも責任《せきにん》があるのではないかと思《おも》います。
（婚姻生活一發生裂痕，太太會怪先生，先生也會怪太太，但我認爲兩個人都有責任。）

4. 仕合《しあわ》せな結婚生活《けっこんせいかつ》に疑《うたが》いなどというものはありませんし、またあってはなりません。
（在幸福的婚姻生活中沒有懷疑，而且也不可以有懷疑。）

5. 結婚生活《けっこんせいかつ》の仕合《しあわ》せを見《み》せつけますな。なぜなら、結婚生活《けっこんせいかつ》が仕合《しあわ》せかどうかは人《ひと》が見《み》るとすぐわかるものなんですから。
（不要誇示婚姻生活的幸福。因爲婚姻生活是否幸福，是別人一看就知道了的。）

6. 結婚《けっこん》するとは、好《す》きな人《ひと》と結婚《けっこん》することで、お金《かね》と結婚《けっこん》するのでもなければ、地位《ちい》と結《けっ》婚《こん》するのでもありません。

（所謂結婚，是和心愛的人結婚，既不是和金錢結婚，也不是和地位結婚。）

7. 別《わか》れる考《かんが》えを持《も》っている人《ひと》は、仕合《しあわ》せな結婚生活《けっこんせいかつ》ができません。

（有離婚想法的人，無法過幸福的婚姻生活。）

8. お金《かね》がないと結婚《けっこん》できないというわけではありませんけど、お金《かね》のない結婚生活《けっこんせいかつ》よりもお金《かね》のある結婚生活《けっこんせいかつ》のほうがずっと楽《らく》だと思《おも》います。

（並不是沒錢就不能結婚，但是我認爲有錢的婚姻生活要比沒錢的婚姻生活來得輕鬆得多。）

9. 一目惚《ひとめぼ》れというものはあるにはありますが、あまり安全《あんぜん》なものではないと思《おも》います。

（所謂的一見鍾情這東西有是有，可是我認爲那是不太保險的東西。）

10. 仕合《しあわ》せな結婚生活《けっこんせいかつ》は、離婚《りこん》してはじめてわかるものなんです。

（幸福的婚姻生活，是離了婚之後才會了解的。）

11. 二号《にご》さんは本妻《ほんさい》より若《わか》いかもしれませんが、本妻《ほんさい》よりいいとは限《かぎ》りません。これは結婚《けっこん》生活《せいかつ》に対《たい》して厭《あ》きたハズのよく承知《しょうち》しなければならないことです。

（小太太或許比大太太年輕，但卻不見得比大太太好。這是厭倦了婚姻生活的先生所不可不知道的。）

12. 好《す》きな人《ひと》と結婚《けっこん》するほど幸福《こうふく》なことはないでしょう。

（沒有比和心愛的人結婚更幸福的事了吧。）

13. 結婚《けっこん》とは一生《いっしょう》のことなんです。（結婚是一輩子的事情。）

14. 結婚《けっこん》とは後悔《こうかい》してはならないことなんです。（結婚是不可以後悔的。）

15. 再婚《さいこん》は初婚《しょこん》より気《き》をつかうからといって、再婚《さいこん》は初婚《しょこん》より仕合《しあわ》せとは限《かぎ》りません。

（雖然說第二次婚姻會比第一次婚姻用心，可是第二次婚姻不見得比第一次婚姻來得幸福。）

16. 先方《せんぽう》を仕合《しあわ》せにすることができるという自信《じしん》を持《も》っていない限《かぎ》り先方《せんぽう》と結婚《けっこん》なさいますな。

（除非有信心能使對方幸福，不然就不要和對方結婚。）

17. 結婚《けっこん》していない人《ひと》と離婚《りこん》した人《ひと》とは同《おな》じように見《み》えても、同《おな》じではありません。結婚《けっこん》していない人《ひと》が結婚《けっこん》できるように、離婚《りこん》した人《ひと》も結婚《けっこん》する権利《けんり》はありますけれども、精神《せいしん》的《てき》にはずいぶんちがいがあるのではないでしょうか。

（還沒結婚的人和離了婚的人，看起來好像一樣，但是是不一樣的。就如同還沒有結婚的人可以結婚一樣，離了婚的人也有權利結婚，但是在精神方面就差得遠了吧！）

18．結婚《けっこん》する以上《いじょう》は責任《せきにん》を持《も》たなければなりません。（既然結了婚，就負有責任。）

【註釋】

1. 結婚生活《けっこんせいかつ》：婚姻生活。
罅《ひび》が入《はい》る：（親密關係）發生裂痕。
何《なに》も彼《か》も：一切、全部。
思《おも》うままにいかない：事情不如願。

2. ～よりも～ほうがいい：與其～還不如～好。
～と思《おも》う：我認爲～。

3. あなたのせいです：都怪你。
とも：全都。
責任《せきにん》がある：有責任。

4. 仕合《しあわ》せ：幸福。
疑《うたが》い：懷疑、疑惑。
あってはならない：不可以有。

5. 見《み》せつける：誇示、賣弄。
な：表禁止。
なぜなら～から：爲什麼呢？因爲～。
～かどうか：是否～。
すぐ：立刻。

6. とは：所謂。
好《す》きな人《ひと》：心愛的人。
～でもなければ～でもない：既不是～也

不是～。
7. 別《わか》れる：離婚。
8. ～というわけではない：並不是～。
ずっと：～得多。
楽《らく》：輕鬆。
9. 一目《ひとめ》惚《ぼ》れ：一見鍾情。
動詞＋には＋同一動詞＋が：～是～，但是～。
あまり＋否定：不太～。
安全《あんぜん》：安全、保險。
10. ～てはじめて～：～才～。
11. 二号《にご》さん：小太太。
本妻《ほんさい》：大太太。
～かもしれない：或許～。
～とは限《かぎ》らない：不見得～。
厭《あ》きる：厭、膩。
承知《しょうち》する：知道。
～なければならない：不～不行。
12. ～ほど～はない：最～。
14. 後悔《こうかい》する：後悔。
15. 気《き》を使《つか》う：用心勞神。
～からといって：雖說～。
16. 先方《せんぽう》：對方。
～ない限《かぎ》り～ない：除非～就不～。
な：表禁止。
17. 同《おな》じ：一樣。
見《み》える：好像。
ずいぶん：相當。

二十、欠点《けってん》

1. 人間《にんげん》は欠点《けってん》を知《し》っていながら、あらためないのが一番大《いちばんおお》きな欠点《けってん》なんです。

（人最大的缺點就是知道缺點而不去改正它。）

2. 人間《にんげん》には必《かなら》ず何《なに》か欠点《けってん》があるんです。（人一定是有什麼缺點的。）

3. 欠点《けってん》ばかりでいい所《ところ》が一《ひと》つもなければ、死《し》んでもいいです。

（如果光是缺點而沒有一點長處的話，可以不必活了。）

4. 欠点《けってん》の多《おお》い人《ひと》も、欠点《けってん》の少《すく》ない人《ひと》も皆何《みんななに》かの欠点《けってん》を持《も》ったまま死《し》ぬでしょう。

（缺點多的人也好，缺點少的人也好，最後都是會帶著什麼缺點而死的。）

5. 欠点《けってん》を隠《かく》すのは人《ひと》の常《つね》ですが、いかに隠《かく》そうとしても隠《かく》せないのもよくあることなんです。

（掩蓋缺點乃人之常情，但往往是怎麼掩蓋也掩蓋不了。）

6. 自分《じぶん》に欠点《けってん》があったら、あらためなさい。他人《たにん》に欠点《けってん》があっても、見逃《みのが》しなさい。

（自己有缺點的話，請改過。卽使別人有缺點也請寬恕吧！）

7. 欠点《けってん》というものはただ有無《うむ》の区別《くべつ》だけがあって、大小《だいしょう》の区別《くべつ》はありません。

（所謂缺點，只有「有、無」之分，沒有「大、小」之分。）

8. 欠点《けってん》を長所《ちょうしょ》にするように努力《どりょく》しなさい。（努力把缺點變成優點吧！）

9. 欠点《けってん》が長所《ちょうしょ》で、長所《ちょうしょ》が欠点《けってん》だというのは常《つね》にあることなんです。

（往往缺點就是優點，優點就是缺點。）

10. 欠点《けってん》ばかりで長所《ちょうしょ》は少《すこ》しもないというような人《ひと》はいないように、長所《ちょうしょ》ばかりで欠点《けってん》は少《すこ》しもないというような人《ひと》もいません。

（就如同沒有一個人完全是缺點而毫無優點一樣，也沒有一個人完全是優點而毫無缺點的。）

11. 欠点《けってん》があっても、補《おぎな》うよう努《つと》めればそれでいいと思《おも》います。

（我認爲有缺點也沒有關係，只要努力於補足即可。）

12. 油断《ゆだん》というのも人間《にんげん》の大《おお》きな欠点《けってん》の一《ひと》つではないかと思《おも》います。

（我認爲「疏忽大意」這也是人類的大缺點之一。）

13. 欠点《けってん》をあらためるのは難《むずか》しいことで、自《みずか》ら進《すす》んであらためるのは中中《なかなか》決心《けっしん》がいります。

（改正缺點是件很困難的事情，而自己主動地去改正缺點則是需要很大的決心。）

14. 人《ひと》の長所《ちょうしょ》があまり見《み》えなくて、人《ひと》の欠点《けってん》がすぐ見《み》えるのは人間《にんげん》の欠点《けってん》です。

（不太看得見別人的長處，而立刻就會看到別人的缺點，此乃人類的缺點。）

【註釋】

1. あらためる：改正。
3. 一《ひと》つもない：一個也沒有。
人《ひと》の常《つね》：人之常情。
5. 隠《かく》す：掩蓋、隱瞞。
隠《かく》せない：掩蓋不住。
よくあること：常有之事。
6. 見逃《みのが》す：看了而不加過問、饒恕、寬恕。
7. ただ～だけ：只～。
有無《うむ》：有無。
区別《くべつ》：區別。
大小《だいしょう》：大小。
8. 長所《ちょうしょ》：優點、長處。
努力《どりょく》する：努力。
9. 常《つね》にあること：常有之事。
10. ばかり：光、淨。
11. 補《おぎな》う：補足。
努《つと》める：努力。
12. 油断《ゆだん》：疏忽大意。
大《おお》きな：大的（連體詞）。
13. 自《みずか》ら進《すす》んで：自己主動地。
決心《けっしん》：決心。
いる：需要。
14. あまり見《み》えない：不太看得見。
すぐ：立刻。

二十一、声《こえ》

1. 声《こえ》はいくらきれいでも、いくらやさしくても、それが人《ひと》のきらわれる事柄《ことがら》でしたら、出《だ》さないほうがいいです。

（不論聲音多美、多溫柔，如果那是被人所討厭的事情的話，還是不說爲妙。）

2. この世《よ》の中《なか》にはきれいな声《こえ》を持《も》つ女性《じょせい》が好《す》きでない男性《だんせい》はいないでしょう。

（在這世界上沒有一位男性不喜歡擁有美妙聲音的女性吧！）

3. 泣声《なきごえ》は耳障《みみざわ》りで人《ひと》のきらいな声《こえ》ですから、できるだけ立《た》てないほうがいいと思《おも》います。

（哭聲刺耳，是人所討厭的聲音，所以我認爲最好是儘量不要發出來。）

4. 笑《わら》い声《ごえ》をたてる側《がわ》はもちろん、笑《わら》い声《ごえ》を聞《き》く側《がわ》もうれしくなるものです。

（發出笑聲的這一邊是不用說的，而聽到笑聲的一邊也會變得高興的。）

5. どんなにいやな声《こえ》でも、相手《あいて》の口《くち》を縫《ぬ》いつけることは不可能《ふかのう》ですから、自分《じぶん》の耳《みみ》を塞《ふさ》ぐしかありません。

（即使是再討厭的聲音，也不可能把對方的嘴巴縫起來，只有塞住自己的耳朵而已。）

6. どんなにいやなことでも、それがあなたのためを思《おも》って言《い》ったのなら、聞《き》きいれなさい。

（即使是再討厭的事情，如果那是別人爲了你好而說的話，請聽從吧！）

7. どんなに美《うつく》しい声《こえ》でも、それが誠意《せいい》のないものであったら、聞《き》き捨《す》てておきなさい。

（即使是再美的聲音，如果沒有誠意的話。就請當做沒聽見算了。）

8. 聞《き》き上手《じょうず》な人《ひと》は、聞《き》きたくないことでも、耳《みみ》をかします。

（善於聽別人說話的人，即使是自己不想聽的事情，也會聽。）

9. 人《ひと》の声《こえ》を聞《き》くと、すぐその人《ひと》はどういうような人《ひと》かわかるように努《つと》めてほしいです。

（一聽聲音，馬上就能知道他是個什麼樣的人，希望你朝這方面努力。）

10. 大《おお》きな声《こえ》で話《はな》さなければならない場合《ばあい》は大《おお》きな声《こえ》で話《はな》し、小《ちい》さな声《こえ》で話《はな》すべき時《とき》は小《ちい》さな声《こえ》で話《はな》さなければなりません。

（非得大聲說話不可的情形，則用大聲說。該用小聲說話時，則非得小聲說不可。）

【註釋】

1. 事柄《ことがら》：事情。　耳障《みみざわ》り：刺耳。

3. 泣声《なきごえ》：哭聲。　できるだけ：儘可能地。

〜ないほうがいい：不要〜較好。

4. 笑《わら》い声《ごえ》：笑聲。

もちろん：不用說的。

5. いや：討厭、厭惡。

相手《あいて》：對方。

縫《ぬ》いつける：縫上。

不可能《ふかのう》：不可能。

塞《ふさ》ぐ：堵塞。

〜しかない：只有〜。

6. あなたのためを思《おも》う：爲了你好。

聞《き》きいれる：聽從、採納。

7. 誠意《せいい》：誠意。

聞《き》き捨《す》てる：聽完不理會。

8. 聞《き》き上手《じょうず》：善於聽別人說話。

聞《き》きたくない：不想聽。

耳《みみ》をかす：聽別人說話。

9. 〜と〜：一〜就〜。

すぐ：立刻。

努《つと》める：努力。

10. 場合《ばあい》：情形。

べき：應該。

二十二、心《こころ》の満足《まんぞく》

1. 心《こころ》の満足《まんぞく》とはいったい何《なに》か？この問《と》いに死《し》ぬまでわからない人《ひと》はたくさんいるでしょう。
（什麼是心靈的滿足？有很多人到死也還是不了解這問題吧！）
2. 心《こころ》の満足《まんぞく》がなければ、明《あか》るくてたのしい生活《せいかつ》はありません。
（沒有心靈的滿足，就沒有光明愉快的生活。）
3. 心《こころ》の満足《まんぞく》というものは目《め》に見《み》えないが、なくてはならないものです。
（所謂心靈的滿足，雖然無法用眼睛看到，但卻是個不可或缺的東西。）
4. 心《こころ》から満足《まんぞく》することはなかなかできるものではありません。
（心靈的滿足是很不容易做到的。）
5. 心《こころ》の満足《まんぞく》は本当《ほんとう》のしあわせなんです。（心靈的滿足是眞正的幸福。）

【註釋】

1. いったい：究竟、到底。　　問《と》い：問題。

3. 目《め》に見《み》えない：無法用眼睛看到。
なくてはならない：不可或缺的。

4. なかなか＋否定：不是輕易就∼。

二十三、子《こ》どもに対《たい》して

1. 子《こ》どもに何《なに》かさせる時《とき》には、同《おな》じ言葉《ことば》を一回《いっかい》しか使《つか》ってはいけません。
（要讓小孩子做什麼事的時候，同樣的話只能說一次。）

2. これはだめ、それはいけないと子《こ》どもに言《い》うよりも、親《おや》たち自身《じしん》が率先《そっせん》してそんなことをしないように心《こころ》がけるべきです。
（父母親們與其「這不行、那不行」地告訴小孩，而應該用心於自己率先不做那些事就行了。）

3. 子《こ》どもに敬遠《けいえん》されている親《おや》たちはよく検討《けんとう》してみる必要《ひつよう》があります。
（被小孩敬而遠之的父母親們有必要好好地檢討一下。）

4. 子《こ》どもに対《たい》しては、しかるばかりでなく、ほめることも必要《ひつよう》なのです。
（對於小孩子，不只是要罵，也有必要去誇獎他。）

5. 人《ひと》の前《まえ》で子《こ》どもをどやしたりなどしてはいけません。（不可在人前揍孩子什麼的。）

6. 子《こ》どもに自信《じしん》を持《も》たせることを忘《わす》れないように。（別忘了給孩子信心。）

7.「子《こ》どもも自尊心《じそんしん》を持《も》っている」ことを忘《わす》れてしまった親《おや》は親《おや》として失格《しっかく》です。

（忘了孩子也是有自尊心的，這樣的父母沒有資格當父母。）

8. 子《こ》どもをしかりつけるのは、あくまでも子供《こども》に反省《はんせい》を求《もと》めるためです。ですから自分《じぶん》のうっぷん晴《ば》らしのためにしかってはなりません。

（斥責孩子是爲了要求孩子徹底地反省一下。所以，不可以爲了發洩積憤而斥責孩子。）

9. 子《こ》どもをちっとも働《はたら》かせないで、勉強《べんきょう》ばかりさせることはやめなさい。

（不要一點也不讓孩子勞動，只讓孩子讀書。）

10. 子《こ》どもの心理《しんり》さえわかっていたら、子《こ》どもをいくらでもおとなしくさせることができるのです。

（只要懂得孩子的心理，想要孩子多乖就能讓孩子多乖。）

11. 子《こ》どもが悪《わる》いことをしたのを見《み》て見《み》ないふりをするのは責任《せきにん》のある父母《ふぼ》ではありません。

（明明看到孩子做壞事，卻裝做沒看到，這是不負責任的父母。）

12. 子《こ》どもを懲《こ》らしめる前《まえ》にまず子《こ》どもがどうしてそんなことをしたのか、どうしてそんなことを言《い》ったのかを考《かんが》えてみるべきです。

（在懲罰孩子之前，應該先想一想「孩子爲什麼會那麼做呢？爲什麼會那麼說呢？」。）

13. お金《かね》の正《ただ》しい使《つか》い方《かた》を子《こ》どもさんに教《おし》えてあげてください。

（請把金錢的正確使用方法教給您的孩子吧！）

14. 責任感《せきにんかん》の強《つよ》い父母《ふぼ》でしたら、彼《かれ》らの子《こ》どももまた責任感《せきにんかん》が強《つよ》いはずです。

（如果父母親責任感强的話，照理說小孩子也會責任感强的。）

15. 空手形《からてがた》に終《お》わるような約束《やくそく》を子《こ》どもになさいますな。（不要跟小孩子開空頭支票。）

16. 親《おや》と子《こ》どものあいだには断絶《だんぜつ》があってはなりません。

（父母親與孩子之間不能有代溝。）

17. 子《こ》どもの前《まえ》では、母親《ははおや》が父親《ちちおや》の批判《ひはん》をしてはいけないと同《おな》じように父親《ちちおや》が母親《ははおや》の批判《ひはん》をしてもいけません。

（在孩子面前，母親不能批評父親，同樣地父親也不能批評母親。）

18. できるだけ子《こ》どもの口《くち》からの「なぜ」に正《ただ》しく答《こた》えてください。

（請儘可能地去正確地回答孩子的「爲什麼」。）

19. 父母《ふぼ》にとって、率先垂範《そっせんすいはん》というのは一番大事《いちばんだいじ》なことなんです。

（對於父母親來說，「率先示範」這是最重要的事情了。）

20. 子《こ》どもの意見《いけん》を尊重《そんちょう》してください。（請尊重孩子的意見。）

21. 子《こ》どもが喜《よろこ》んで歌《うた》を歌《うた》ったり何《なに》か言《い》ったりする時《とき》は、親《おや》も喜《よろこ》んで聞《き》いてあげるべきだと思《おも》います。

（小孩子高高興興地唱歌啦或是講什麼給父母聽的時候，我認爲父母也應該高興地聽才對。）

22. 子《こ》どもの前《まえ》で喧嘩《けんか》をする親《おや》は一番《いちばん》だめな親《おや》だと思《おも》います。

（我認爲在孩子面前吵架的父母是最糟糕的父母。）

23. 子《こ》どもは親《おや》の言《い》うことをあまり聞《き》きませんが、親《おや》のすることを真似《まね》るのが上手《じょうず》です。

（小孩子不太聽父母親的話，但卻非常會模倣大人所做之事。）

【註釋】

1. しか＋否定：只～。

2. 率先《そっせん》：率先。

心《こころ》がける：留意、用心。

べき：應該。

3. 敬遠《けいえん》する：敬而遠之。

検討《けんとう》する：検討。

4. しかる：責備、申斥。

ほめる：誇獎、稱讚。

5. どやす：揍。

～たりなどする：～什麼的。

6. 自信《じしん》：自信、信心。
忘《わす》れない：不忘記。
7. ～として失格《しっかく》だ：沒有資格當～。
8. しかりつける：嚴厲斥責。
あくまでも：徹底。
うっぷん晴《ば》らし：發洩鬱憤。
10. さえ：只要。
いくらでも：不論多少。
おとなしい：乖、溫順。
11. ふり：裝做、假裝。
見《み》て見《み》ないふりをする：看見而假裝沒看見。
父母《ふぼ》：父母。
12. 動詞連體形＋前《まえ》に：～之前。
どうして：爲什麼。

べき：應該。
13. 正《ただ》しい：正確的。
使《つか》い方《かた》：使用方法。
14. 責任感《せきにんかん》が強《つよ》い：責任感强。
はず：照理說。
15. 空手形《からてがた》：空頭支票。
約束《やくそく》：約定。
なさる：做（「なす」的敬語」）。
な：表禁止。
16. 断絶《だんぜつ》：代溝。
17. 母親《ははおや》：母親。
父親《ちちおや》：父親。
批判《ひはん》：批評。
18. できるだけ：儘可能地。
なぜ：爲什麼。

答《こた》える：回答。

19.～にとって：對～來說。

率先垂範《そっせんすいはん》：率先示範。

大事《だいじ》：重要、要緊。

20.意見《いけん》：意見。

尊重《そんちょう》する：尊重、重視。

21.喜《よろこ》んで：高興地、欣然地。

22.喧嘩《けんか》する：吵架、打架。

23.真似《まね》る：模倣、倣效。

二十四、仕合《しあ》わせ

1. 仕合《しあ》わせとは言葉《ことば》で言《い》い表《あら》わせないものです。（所謂的幸福是不能用語言表達出來的。）

2. 仕合《しあ》わせはお金《かね》では買《か》えないものです。（幸福是不能用金錢買到的。）

3. 仕合《しあ》わせとは心《こころ》で感《かん》じるものです。（所謂幸福是要用心靈去感覺的。）

4. 仕合《しあ》わせとは得《え》がたくて、失《うしな》いやすいものです。（所謂幸福是一種不易得到而容易失去的東西。）

5. 仕合《しあ》わせを持《も》ったことのある人《ひと》はたくさんいますが、仕合《しあ》わせを長《なが》く持《も》ち続《つづ》けることのできる人《ひと》はあまりたくさんいないといってもいいでしょう。（我們可以這麼說吧！有很多人曾經擁有過幸福，但卻沒有多少人能長久擁有幸福。）

6. 仕合《しあ》わせとはあなたのついそばにあるものですから、遠《とお》くまで求《もと》めに行《い》くには及《およ》びません。（幸福就在你的身邊，所以不用到遠方追求。）

7. 仕合《しあ》わせをひけらかすことも、不幸《ふこう》をかこつこともよくないことなんです。

（炫耀幸福、抱怨不幸，都不是好事情。）

8. いくら仕合《しあ》わせであっても、努力《どりょく》してそれを持《も》ち続《つづ》けようとしなければ、その仕合《しあ》わせはすぐ泡《あわ》と消《き》えて、不仕合《ふしあ》わせになってしまうでしょう。

（就算再幸福，如果沒有用心去維持的話，那幸福也會很快地化爲泡影，變成不幸福的吧！）

9. 仕合《しあ》わせとは苦労《くろう》することによって身《み》につくものなんです。

（所謂幸福，是要藉著辛苦而學會的。）

10. 生《う》まれつきの仕合《しあ》わせなどというものはないことを知《し》る人《ひと》こそ仕合《しあ》わせになれる人《ひと》です。

（沒有什麼所謂天生就是幸福的，知道這一點的人才會得到幸福。）

11. 仕合《しあ》わせか不仕合《ふしあ》わせかは自分《じぶん》の考《かんが》え方《かた》によって決《き》まるものです。

（是幸福呢？還是不幸福呢？要看自己的觀點而定了。）

12. 仕合《しあ》わせな人《ひと》は恵《めぐ》まれた人《ひと》です。（幸福的人是得天獨厚的人。）

13. 仕合《しあ》わせな人《ひと》は泣《な》くには及《およ》びませんが、不仕合《ふしあ》わせな人《ひと》も泣《な》いてばかりいてはいけません。

（幸福的人不用哭，不幸福的人也不可以一直哭。）

14. 仕合《しあ》わせから不仕合《ふしあ》わせへの道《みち》は歩《ある》きやすいですが、不仕合《ふしあ》わせから仕合《しあ》わせへの道《みち》は歩《ある》きにくいものです。

（由幸福通往不幸福的道路是很好走的，可是由不幸福通往幸福的道路就不好走了。）

15. できれば、一人《ひとり》でも多《おお》くの人《ひと》を仕合《しあ》わせにしてあげたいものです。

（可能的話我想讓更多的人幸福，即使多讓一個人幸福也好。）

16. 人《ひと》の仕合《しあ》わせを自分《じぶん》の仕合《しあ》わせのように喜《よろこ》ぶ心《こころ》を持《も》っていなければなりません。

（我們一定要擁有這樣的一個心靈，那就是把他人的幸福看成自己的幸福一樣而喜悅。）

【註釋】

1. 仕合《しあ》わせ：幸福。
言《い》い表《あら》わす：表達、說明。
2. 買《か》える：買得到、買得起。
4. 得《え》がたい：難得的。
失《うしな》いやすい：容易失去。
5. ～といってもいい：可以說～。
6. ついそばにある：就在身邊。
遠《とお》く：遠方。
求《もと》める：追求。
～には及《およ》ばない：不用～。
7. ひけらかす：炫耀、顯示。
かこつ：發牢騷、抱怨。

8. すぐ：立刻。
泡《あわ》と消《き》える：化爲泡影。
不《ふ》仕《し》合《あわ》せ：不幸福。
9. 苦労《くろう》する：辛苦、艱苦。
よる：藉著、基於。
身《み》につく：學會。
10. 生《う》まれつき：天生。
こそ：才。

11. 考《かんが》え方《かた》：想法、觀點。
〜によって決《き》まる：依〜而定。
12. 恵《めぐ》まれた人《ひと》：幸運的人、得天獨厚的人。
13. 〜てはいけない：不可以〜。
14. 歩《ある》く：走路。
歩《ある》きにくい：難走、不好走。
15. できれば：可能的話。
16. 喜《よろこ》ぶ：喜悅。

二十五、時間《じかん》

1. 時間《じかん》がたってしまったことに気《き》がついた時《とき》はもう遅《おそ》いです。

（當您發現時間消失了的時候，已經晚了。）

2. 時間《じかん》とは知《し》らず知《し》らずのうちに過《す》ぎゆくものです。（所謂時間，是在不知不覺中消失的。）

3. 少年時代《しょうねんじだい》は時間《じかん》とは何《なに》かということなんか気《き》がつきません。

（少年時代，是不會理會什麼何謂時間的。）

青年時代《せいねんじだい》は時間《じかん》とは流《なが》れるものだと感《かん》じます。（青年時代，會感覺到時間是會流動的。）

壮年時代《そうねんじだい》は時間《じかん》とは速《はや》く流《なが》れるものだなあと感《かん》じるものです。

（壯年時代會感覺到「時間流動得眞快呀」。）

老年時代《ろうねんじだい》は時間《じかん》はもういくらも残《のこ》っていないなあとため息《いき》をつくものです。

（老年時代嘆息「時間已所剩無幾了」。）

4. 時間《じかん》を大切《たいせつ》にするものは成功者《せいこうしゃ》になれる人《ひと》です。（愛惜時間的人是能成功的人。）

5. お金《かね》は使《つか》ってしまっても、また儲《もう》けることができますが、時間《じかん》とは使《つか》ってしまったち、もう二度《にど》と来《く》るものではありません。

6. 一刻《いっこく》の時間《じかん》も粗末《そまつ》にしてはなりません。（一點點的時間也不可以浪費。）

（錢用完了，還可以再賺；可是時間用掉了的話，再也不會回來了。）

7. 時間《じかん》がないと言《い》っているのに、時間《じかん》を無駄《むだ》にしているのが人間《にんげん》の常《つね》です。

（嘴巴說著沒時間，卻在浪費著時間，人就是經常如此。）

8. 成功《せいこう》する人《ひと》は、何《なに》をして時間《じかん》をつぶそうかと考《かんが》える時間《じかん》などありません。

（成功的人，沒有時間去想「要如何打發時間呢？」。）

9. 時間《じかん》とはお金《かね》で買《か》えないものです。（所謂時間是金錢買不到的。）

10. 時間《じかん》は富《とみ》です。（時間就是財富。）

11. 時間《じかん》を利用《りよう》することの上手《じょうず》な人《ひと》は成功者《せいこうしゃ》にもなれますし、金持《かねも》ちにもなれます。

（會利用時間的人，能成爲成功者，也能成爲富人。）

【註釋】

1. 時間《じかん》がたつ：時間經過。

2. 知《し》らず知《し》らずのうちに：在不知不覺之中。

気《き》がつく：發覺、理會。

3. 残《のこ》る：剩下。

ため息《いき》をつく：嘆息。
4.時間《じかん》を大切《たいせつ》にする：珍惜時間。
5.儲《もう》ける：賺。
6.一刻《いっこく》：短時間。
粗末《そまつ》にする：浪費。
～てはならない：不可以～。
7.のに：卻。
無駄《むだ》にする：浪費。

常《つね》：常事、常情。
8.時間《じかん》をつぶす：打發時間。
9.とは：所謂。
買《か》えない：買不到。
10.富《とみ》：財富、資源。
11.利用《りよう》する：利用。
し：表示並列。

二十六、自己反省《じこはんせい》

1. 一日《いちにち》に三分間《さんぷんかん》でいいから、自己反省《じこはんせい》しなさい。

（哪怕一天三分鐘也好，來個自我反省吧！）

2. 自己反省《じこはんせい》する人《ひと》は立派《りっぱ》な人《ひと》です。（自我反省的人是卓越的人。）

3. 自己反省《じこはんせい》することは進歩《しんぽ》の現《あら》われです。（自我反省是進步的表現。）

4. 自己反省《じこはんせい》することは何《なに》よりも大切《たいせつ》なことなのに、自己反省《じこはんせい》する人《ひと》は少《すく》なすぎるように思《おも》われます。

（自我反省這件事是最重要的事情了，可是自我反省的人好像卻是太少了。）

5. 自己反省《じこはんせい》することによって、よりよいあしたを迎《むか》えることができるのです。

（要藉著自我反省，才能迎接更好的明天。）

6. 自己反省《じこはんせい》は人《ひと》に見《み》せるものではありません。人《ひと》に見《み》せるのは自己反省《じこはんせい》した結果《けっか》、つまり立派《りっぱ》になった品格《ひんかく》です。

（自我反省這件事情不是做給人家看的。該給人家看的是自我反省的結果，也就是變得高尚了的品格。）

7. 悪《わる》いことをして自己反省《じこはんせい》をしない人《ひと》はいつまでたっても上品《じょうひん》な人《ひと》になれません。

（做了壞事而不自我反省的人，永遠也不會成爲高尚的人。）

8. 自己反省《じこはんせい》する勇気《ゆうき》がなければ、自己反省《じこはんせい》をすることはできません。

（如果沒有自我反省的勇氣的話，是沒有辦法做到自我反省的。）

9. 自己反省《じこはんせい》する人《ひと》は同《おな》じ間違《まちが》いを二度《にど》としません。

（做自我反省的人，不會犯同樣的錯誤。）

10. 下品《げひん》な人《ひと》でも自己反省《じこはんせい》を重《かさ》ねていくと上品《じょうひん》になりますし、上品《じょうひん》な人《ひと》でも自己反省《じこはんせい》をしないとだんだん下品《げひん》になっていきます。

（品格低劣的人如果不斷地自我反省的話，會變成高尚的，而高尚的人如果不自我反省的話，會漸漸地變成低劣的。）

11. いい人《ひと》でも、悪《わる》い人《ひと》でも、上品《じょうひん》な人《ひと》でも、下品《げひん》な人《ひと》でも、人間《にんげん》であれば、自己反省《じこはんせい》をする必要《ひつよう》があると思《おも》います。

（好人也好，壞人也好，品格高尚的人也好，品格低劣的人也好，我認爲只要是人，都有必要自我反省。）

【註釋】

1.自己反省《じこはんせい》：自我反省。

4.何《なに》よりも：比什麼都、最。

大切《たいせつ》：重要。

のに：卻。

少《すく》なすぎる：過少。

5.よる：依靠、憑藉。

よりよい：更好的。

迎《むか》える：迎接。

動詞連體形＋ことができる：能～。

6.人《ひと》に見《み》せる：讓人看。

つまり：也就是～。

立派《りっぱ》：高尚。

品格《ひんかく》：品格。

7.いつまでたっても：永遠、到什麼時候也。

上品《じょうひん》な人《ひと》：高尚的人。

8.勇気《ゆうき》：勇氣。

動詞連體形＋ことはできません：無法～。

9.同《おな》じ間違《まちが》い：相同的錯誤。

10.下品《げひん》な人《ひと》：品格低劣的人。

重《かさ》ねる：重覆。

11.動詞連體形＋必要《ひつよう》がある：有必要～。

二十七、自殺《じさつ》

1. 自殺《じさつ》というのはある意味《いみ》では無責任《むせきにん》です。（自殺在某種意思上來說就是不負責任。）

2. どんなことがあっても、自殺《じさつ》することなんかしないほうがいいです。
（不論發生任何事，還是不要自殺什麼的比較好。）

3. 自殺《じさつ》とは意気地《いくじ》がなくて弱《よわ》いあらわれなんです。（自殺是一種懦弱的表現。）

4. 自殺《じさつ》しても問題《もんだい》は解決《かいけつ》しません。（就算自殺也不會解決問題。）

5. 「命《いのち》あっての物種《ものだね》」と言《い》いますから、どんなことでも、自殺《じさつ》しなくて済《す》むでしょう。
（俗語說得好「留得青山在，不怕沒柴燒」，不論是什麼事情，不自殺也可以解決吧！）

6. 自殺《じさつ》した人《ひと》は成仏《じょうぶつ》できません。（自殺的人無法升天。）

7. 自殺《じさつ》した人《ひと》は死《し》を恐《おそ》れなかったとも言《い》えますが、現実《げんじつ》に直面《ちょくめん》する勇気《ゆうき》のなかったことは確《たし》かでしょう。
（我們可以說自殺的人不怕死，可是他沒有勇氣面對現實，這可是確實的吧！）

8. 日本《にほん》という民族《みんぞく》ほど一家心中《いっかしんじゅう》の好《す》きな民族《みんぞく》はいないようです。

（好像沒有比日本這個民族更喜歡全家自殺的民族了。）

9. 自殺《じさつ》は問題《もんだい》を解決《かいけつ》するどころか、問題《もんだい》をもっと複雑《ふくざつ》にするものです。

（自殺不但沒解決問題，而且使問題更複雜。）

10. 病気《びょうき》で体《からだ》が不自由《ふじゆう》で、自分《じぶん》だけでは何《なに》もできなくて家庭《かてい》の荷物《にもつ》になっていると考《かんが》えている人《ひと》も、決《けっ》して死《し》のうなどと思《おも》ってはなりません。でも、もし死《し》んでしまったほうがいいと思《おも》って自殺《じさつ》されたとしたら、私《わたし》たちは何《なに》も言《い》わずに許《ゆる》してあげるべきだと思《おも》います。

（因為生病身體行動不方便，要靠自己一個人的話什麼也沒辦法，而成為家庭的負擔，這種人也絕對不能想死。但是如果想死了算了，而自殺的話，我想我們也應該默默地原諒他吧！）

【註釋】

1. 自殺《じさつ》：自殺。

ある：某。

意味《いみ》：意思。

無責任《むせきにん》：不負責任。

2. なんか：之類的。

～ないほうがいい：不要～比較好。

3. とは：所謂。

意気地《いくじ》がない：沒有志氣、懦弱。

弱《よわ》い：軟弱的、怯懦的。
あらわれ：表現。
4. 問題《もんだい》：問題。
5. 命《いのち》あっての物種《ものだね》：留得青山在，不怕沒柴燒。
済《す》む：可以解決。
6. 成仏《じょうぶつ》できない：不能成佛、不能升天。
7. 恐《おそ》れる：怕。
現実《げんじつ》に直面《ちょくめん》する：面對現實。

確《たし》か：確實。
8. 民族《みんぞく》：民族。
一家《いっか》心中《しんじゅう》：全家自殺。
～ほど～はない：最～。
9. ～どころか：豈止～。
10. 体《からだ》が不自由《ふじゆう》だ：身體不聽用。
荷物《にもつ》：負擔、累贅。
許《ゆる》す：原諒。
べき：應該。

二十八、しないほうがいいこと

1. 人《ひと》にいやな思《おも》いをさせるようなことはしないほうがいいと思《おも》います。
（如果此事會讓他人覺得不是滋味的話，我認爲還是別做此事較好。）

2. 人《ひと》を怒《おこ》らせるようなことはしないほうがいいと思《おも》います。
（惹人生氣的事，我認爲別做爲妙。）

3. 人《ひと》に散財《さんざい》させるようなことはしないほうがいいと思《おも》います。
（要讓別人花太多錢的事，我認爲不做較好。）

4. 人《ひと》に迷惑《めいわく》をかけるようなことはしないほうがいいと思《おも》います。
（給別人添麻煩的事，我認爲不做較好。）

5. 罪《つみ》つくりのようなことはしないほうがいいと思《おも》います。
（造孽的事，我認爲不要做較好。）

6. 人《ひと》をペテンにかけるようなことはしないほうがいいと思《おも》います。
（詐騙人的事，我認爲不做較好。）

7. 恩《おん》を仇《あだ》で返《かえ》すようなことはしないほうがいいと思《おも》います。

（恩將仇報的事，我認爲不做較好。）

8. 人《ひと》が失敗《しっぱい》したのを見《み》たとしても、いい気味《きみ》だと思《おも》うようなことはしないほうがいいと思《おも》います。

（就算看到了別人失敗，幸災樂禍之類的事，我認爲別做比較好。）

9. 人《ひと》との約束《やくそく》にそむくようなことはしないほうがいいと思《おも》います。

（和別人講好了的事情，我認爲不要違背比較好。）

10. 人《ひと》をそしるようなことはしないほうがいいと思《おも》います。

（毀謗人的事，我認爲別做比較好。）

11. 人《ひと》のあらを探《さが》すようなことはしないほうがいいと思《おも》います。

（找人的錯，我認爲這種事別做比較好。）

12. 人《ひと》を悦《よろこ》ばすことはいいことですけれども、他人《たにん》の悪口《わるくち》を言《い》って人《ひと》を悦《よろこ》ばすようなことはしないほうがいいと思《おも》います。

（讓人高興是件好事情，但是說別人的壞話來讓人高興的這種事，我認爲還是別做比較好。）

13. 責任《せきにん》をなするようなことはしないほうがいいと思《おも》います。
（轉嫁責任之類的事，我認爲不要做比較好。）

14. 人《ひと》に義理《ぎり》を欠《か》くようなことはしないほうがいいと思《おも》います。
（虧欠別人的事，我認爲不要做比較好。）

15. 人《ひと》に知《し》られたくなかったら、人《ひと》に知《し》られたくないようなことはしないほうがいいと思《おも》います。
（我認爲如果不想被別人知道的話，那不想被別人知道的事就不要做。）

16. どんなことがあっても、けんかするようなことはしないほうがいいと思《おも》います。
（不論發生任何事，和人吵架或打架之類的事，我認爲還是別做比較好。）

17. 自業自得《じごうじとく》のようなことはしないほうがいいと思《おも》います。
（自作自受之類的事，我認爲別做比較好。）

18. 人《ひと》の面目《めんぼく》をつぶすようなことはしないほうがいいと思《おも》います。
（不給人留面子之類的事，我認爲別做比較好。）

19. ひどいことばづかいはしないほうがいいと思《おも》います。
（太沖了的話，我認爲不要說比較好。）

20. 自分《じぶん》だけを考《かんが》えるようなことはしないほうがいいと思《おも》います。

（我認爲不要只考慮自己比較好。）

21. バスの中《なか》でたばこを吸《す》ったり、所嫌《ところきら》わず痰《たん》を吐《は》いたりあるいは列《れつ》に割《わ》りこんだりして、社会《しゃかい》の秩序《ちつじょ》を乱《みだ》すようなことはしないほうがいいと思《おも》います。

（在車上抽烟啦，隨地吐痰啦或是挿隊啦等破壞社會秩序的事情，我認爲不要做比較好。）

22. 自分《じぶん》の良心《りょうしん》にそむくようなことはしないほうがいいと思《おも》います。

（違背自己良心的事情，我認爲不要做比較好。）

23. 困《こま》っている人《ひと》を見殺《みごろ》しにするようなことはしないほうがいいと思《おも》います。

（對於遭遇到困難的人坐視不救，我認爲這種事不要做比較好。）

24. 人《ひと》を支配《しはい》するようなことはしないほうがいいと思《おも》います。

（支配別人之類的事情，我認爲不要做比較好。）

25. 私《わたし》たちの体《からだ》は両親《りょうしん》からもらったのですから、それを傷《きず》つけるようなことはしないほうがいいと思《おも》います。

（我們的身體是得自父母親的，所以我認爲不要傷害它比較好。）

26. 自分《じぶん》ができないことを他人《たにん》にだけ要求《ようきゅう》するようなことはしないほうがいいと思《おも》います。

（自己做不到的事卻只要求他人，這種事我認爲不做較好。）

27. 道《みち》ならぬ恋《こい》をするようなことはしないほうがいいと思《おも》います。

（不合於道德的戀情，我認爲不要去嘗試比較好。）

28. 傷《きず》ついても、死《し》んでも、妥協《だきょう》するようなことはしないほうがいいと思《おも》います。

（卽使是受到傷害，卽使是會死掉，我認爲還是不要妥協才好。）

29. 人間關係《にんげんかんけい》の溝《みぞ》を作《つく》るようなことはしないほうがいいと思《おも》います。

（我認爲不要製造人際關係的隔閡比較好。）

30. 他人《たにん》からしてもらったうちで、いい事《こと》は覚《おぼ》えているべきですが、悪《わる》い事《こと》は覚《おぼ》えていないほうがいいと思《おも》います。

（在別人爲我們所做的事當中，好事應該記得，而不好的事我認爲還是別記著比較好。）

31. 顔《かお》で人《ひと》を判断《はんだん》するようなことはしないほうがいいと思《おも》います。

（我認爲不要用臉來判斷別人比較好。）

32. 「紺屋《こうや》のあさって」というようなことはしないほうがいいと思《おも》います。

（「再三地拖延約期」我認爲這種事別做比較好。）

33.「馬子《まご》にも衣裳《いしょう》」と言《い》いますから、身《み》なりに構《かま》わないようなことはしないほうがいいと思《おも》います。

（俗語說：「人是衣裳馬是鞍」。我認爲不要不修邊幅比較好。）

34.「人《ひと》の褌《ふんどし》で相撲《すもう》をとる」というようなことはしないほうがいいと思《おも》います。

（「利用他人之物謀取自身之利」我認爲這種事別做比較好。）

35.誤解《ごかい》されやすいようなことはしないほうがいいと思《おも》います。

（容易被誤會的事情，我認爲不要做比較好。）

【註釋】

1.～ないほうがいい：別～較好。
～と思《おも》う：我認爲～。
2.人《ひと》を怒《おこ》らせる：惹人生氣。
3.人《ひと》に散財《さんざい》させる：讓人花費大量錢財。
4.迷惑《めいわく》をかける：添麻煩。
5.罪《つみ》つくり：造孽、作惡。
6.人《ひと》をペテンにかける：詐騙人。
7.恩《おん》を仇《あだ》で返《かえ》す：恩將仇報。
8.～としても：就算～。
いい気味《きみ》だと思《おも》う：幸災樂禍。
9.約束《やくそく》にそむく：違背約定、不遵從約定。
10.人《ひと》をそしる：毀謗人。

11.あら：毛病、缺點。
探《さが》す：找。
12.人《ひと》を悦《よろこ》ばす：讓人高興、使人快樂。
悪口《わるくち》を言《い》う：說壞話。
13.なする：轉嫁。
14.人《ひと》に義理《ぎり》を欠《か》く：虧欠別人。
15.人《ひと》に知《し》られたくない：不想被別人知道。
16.けんかする：吵架或打架。
17.自業自得《じごうじとく》：自作自受。
18.面目《めんぼく》をつぶす：使丟臉。
19.ひどい：激烈的、厲害的。
ことばづかい：說法、措詞。
20.だけ：只。
考《かんが》える：考慮。
21.たばこを吸《す》う：抽煙。
所嫌《ところきら》わず：不管哪裡、到處。
痰《たん》を吐《は》く：吐痰。
あるいは：或者。
列《れつ》に割《わ》りこむ：挿隊。
〜たり〜たりする：〜啦〜啦等。
22.良心《りょうしん》にそむく：違背良心。
秩序《ちつじょ》を乱《みだ》す：破壞秩序。
23.見殺《みごろ》し：坐視不救、見死不救。
24.人《ひと》を支配《しはい》する：支配別人。
25.もらう：得到。
傷《きず》つける：損傷。
26.できない：做不到。
要求《ようきゅう》する：要求。
27.道《みち》ならぬ恋《こい》：不合於道德之戀情。
28.傷《きず》つく：受到傷害。

妥協《だきょう》する：妥協。

29. 人間關係《にんげんかんけい》：人際關係。

溝《みぞ》：隔閡。

30. 他人《たにん》からしてもらう：別人爲我們做。

覚《おぼ》えている：記著。

べき：應該。

31. 判断《はんだん》する：判斷。

32. 紺屋《こうや》：染匠、染房。

あさって：後天。

33. 馬子《まご》：馬夫。

身《み》なりに構《かま》わない：不修邊幅。

34. 褌《ふんどし》：兜襠布。

相撲《すもう》をとる：摔跤、角力。

35. 誤解《ごかい》される：被誤會。

二十九、自分自身《じぶんじしん》を知《し》る

1. 自分自身《じぶんじしん》を知《し》るということは難《むずか》しいことです。（了解自己是件不簡單的事情。）

2. 人間《にんげん》は自分自身《じぶんじしん》を知《し》ろうとすることがきらいです。なぜかといいますと、人間《にんげん》は自分自《じぶんじ》身《しん》を知《し》ることが恐《おそ》ろしいからです。（人不喜歡了解自己。爲什麼呢？因爲人怕了解自己。）

3. 人《ひと》を知《し》る前《まえ》に、自分自身《じぶんじしん》を知《し》ってください。（在了解別人之前，請先了解自己。）

4. 人間《にんげん》は仮面《かめん》をかぶるのが上手《じょうず》ですから、自分《じぶん》で自分自身《じぶんじしん》を知《し》ることはなかなかできません。（人太會帶假面具了，所以連自己都無法了解自己。）

5. 自分自身《じぶんじしん》を知《し》ることのできる人《ひと》こそ立派《りっぱ》な人《ひと》になれます。（能夠了解自己的人才能成爲了不起的人。）

6. 自分自身《じぶんじしん》を知《し》るよりも他人《たにん》を知《し》るほうが簡単《かんたん》だと思《おも》います。（我認爲了解別人比了解自己容易。）

【註釋】

2. きらい：討厭。

恐《おそ》ろしい：可怕的。

3. 動詞連體形＋前《まえ》に：～之前。

4. 仮面《かめん》をかぶる：帶假面具。

上手《じょうず》：技術好。

なかなかできない：怎麼也沒有辦法。

5. こそ：才。

立派《りっぱ》：卓越、出色。

なれる：能夠成爲。

三十、自分《じぶん》を養《やしな》う

1. 自分《じぶん》で自分《じぶん》が養《やしな》えなければ、死《し》んでしまったほうがいいです。

（如果連自己都養不活的話，死了倒還好。）

2. 自分《じぶん》で自分《じぶん》を養《やしな》うのはそんなに難《むずか》しいですか。（自己養活自己是這麼難嗎？）

3. 何《なに》よりも先《さき》に自分《じぶん》をじゅうぶんに養《やしな》いなさい。（什麼都別管先把自己養好吧！）

4. 二本《にほん》の細《ほそ》い腕《うで》で家庭《かてい》が養《やしな》える女《あんな》がたくさんいるのに、自分《じぶん》で自分《じぶん》が養《やしな》えない男《おとこ》もたくさんいる世《よ》の中《なか》です。

（在這世界上有很多女人能用兩隻細瘦的手養家，卻有很多男人自己養不活自己。）

5. 子《こ》どもの時《とき》には他人《たにん》に養《やしな》われてもいいですが、大人《おとな》になったら自分《じぶん》で自分《じぶん》を養《やしな》わなければなりません。

（小孩子的時候可以被別人養，但是成了大人時，就得自己養自己了。）

6. 子《こ》どもは大《おお》きくなると、自分《じぶん》で自分《じぶん》を養《やしな》うことはもちろん、父母《ふぼ》をも養《やしな》うべきです。

（小孩子長大時，不用說要自己養自己，也應該養父母親。）

7. 自分《じぶん》で自分《じぶん》を養《やしな》うのがむずかしいかやさしいかは、生活《せいかつ》のし方《かた》によって決《き》まるものです。

（養活自己，是好養呢？還是難養呢？這就要看自己的生活方式而定了。）

8. 自分《じぶん》が養《やしな》えないうちに、家庭《かてい》を作《つく》りますな。

（在還不能養活自己的時候，不要結婚組織家庭。）

9. この世《よ》の中《なか》には、自分《じぶん》で自分《じぶん》が養《やしな》えないなどという人《ひと》はいないはずです。

（在這世界上，應該不會有自己養不活自己的人才對。）

10. 体《からだ》だけでなく、心《こころ》というのも養《やしな》わなければならないのです。

（不只是身體而已，「心靈」這個東西也是得修養的。）

【註釋】

1. 養《やしな》う：養活、扶養。

2. 世《よ》の中《なか》：世界。

3. 何《なに》よりも先《さき》に：首先。

5. 養《やしな》われる：被養。

4. 二本《にほん》：兩隻。

～てもいい：可以～。

のに：卻。

大人《おとな》：大人。

養《やしな》えない：養不活。

～なければならない：不～不行。

6. 大《おお》きくなる：長大。
父母《ふぼ》：父母。
べき：應該。
7. 生活《せいかつ》のし方《かた》：生活方式。
よる：依據。

8. 家庭《かてい》を作《つく》る：成家。
な：表禁止。
9. はず：應該、照理說。
10. 心《こころ》：心靈。

三十一、人生《じんせい》

1. 薬《くすり》そのものが苦《にが》いように、人生《じんせい》そのものは苦《くる》しいものです。
（就好像藥本來就是苦的一樣，人生本來就是痛苦的。）

2. 知恵《ちえ》のある人《ひと》は人生《じんせい》を楽《らく》にしますが、愚《おろ》かな人《ひと》は人生《じんせい》をもっと辛《つら》くします。
（聰明的人讓人生輕鬆，愚笨的人讓人生更痛苦。）

3. ほほえみも歌声《うたごえ》も花《はな》も愛《あい》も希《き》望《ぼう》も理想《りそう》もすべてある人生《じんせい》こそ望《のぞ》ましい人生《じんせい》なんです。
（有微笑有歌聲有花有愛有希望有理想，這些都有的人生才是可喜的人生。）

4. 人生《じんせい》をすっかり悟《さと》った人《ひと》は人生《じんせい》を満喫《まんきつ》できないでしょう。
（看破世事、了悟人生的人恐怕無法充分享受人生吧！）

5. 人生《じんせい》とはただ一瞬《いっしゅん》のものにすぎないのですから、大切《たいせつ》にしなければなりません。
（所謂人生只不過是一剎那的東西而已，所以一定要愛惜。）

6. 人生《じんせい》で最《もっと》も重要《じゅうよう》なのは、目《め》に見《み》えるお金《かね》や地位《ちい》などではありません。愛《あい》や心《こころ》などの目《め》に見《み》えないものこそ最《もっと》も大切《たいせつ》なのです。

（人生最重要的東西，不是金錢啦地位等眼睛看得到的東西。愛啦心靈等眼睛看不到的東西才是最重要的。）

7. 私《わたし》たち人間《にんげん》は毎日《まいにち》のようにしまつの悪《わる》いことにぶつかります。これが人生《じんせい》なんです。

（我們人幾乎每天都會碰到難以應付的事情。這就是人生。）

8. 人生《じんせい》とは、自分《じぶん》の考《かんが》え方一《かたひと》つで辛《つら》くもなり楽《たの》しくもなります。

（所謂人生，只因爲自己的想法如何，就可能使人生變得痛苦或是可喜。）

9. 人生《じんせい》は何《なに》もとやかく言《い》うことはありません。（人生沒有什麼好計較的。）

10. 人生《じんせい》とは一回《いっかい》しかないもので、決《けっ》して二度《にど》と来《こ》ないものです。

（人生，只有一次，是決不會來第二次的。）

11. 人生《じんせい》という道《みち》には、うれしさも悲《かな》しさもあり、希望《きぼう》も失望《しつぼう》もあり、成功《せいこう》も失敗《しっぱい》もあります。いいものばかりでもなければ、悪《わる》いものばかりでもありません。

（在人生的路上，有喜悅也有悲傷，有希望也有失望，有成功也有失敗。不全是好的東西，也不全是壞的東西。）

12. お金《かね》がないから人生《じんせい》は無意味《むいみ》だと思《おも》うとしたら、人生《じんせい》は本当《ほんとう》に無意味《むいみ》になるものです。

（如果認爲沒有錢，人生就沒有意義的話，那麼人生眞的會變得沒意義的。）

13. 人生《じんせい》とは試練《しれん》というものです。（所謂人生，就是考驗。）

14. 人生《じんせい》とは手探《てさぐ》りしながら歩《あゆ》むものです。（所謂人生，就是一邊摸索一邊前進的。）

15. 人生《じんせい》は真剣《しんけん》に生《い》きていかなければなりません。（人生一定要認眞地活下去。）

16. 人生《じんせい》とは奉仕《ほうし》です。（所謂人生，就是服務。）

17. 人生《じんせい》とは長《なが》い旅路《たびじ》なんです。（所謂人生，就是一條長長的旅程。）

18. 人生《じんせい》とは絶《た》え間《ま》なく学《まな》ぶことです。（所謂人生，就是不斷地學習。）

19. 人生《じんせい》とは自分《じぶん》で切《き》り開《ひら》いていくものです。（所謂人生，是要自己去開創出來的。）

20. 人生《じんせい》とは決《けっ》して完全無欠《かんぜんむけつ》なものではありません。

（人生絕對不是盡善盡美、完整無缺的。）

21. 人生《じんせい》というものは常《つね》に自分《じぶん》の思《おも》うままに行《い》きません。

（人生時常不如意。）

22. 人生《じんせい》とは世界《せかい》で一番大《いちばんおお》きな鏡《かがみ》なんです。この鏡《かがみ》は普通《ふつう》の鏡《かがみ》と違《ちが》って、身《み》なりだけでなく、心《こころ》までも映《うつ》しだせます。

（所謂人生，就是世界上最大的一面鏡子。這面鏡子和普通的鏡子不同，不只是裝束，它也能照映出人的心裏。）

【註釋】

1.そのもの：其本身。

2.楽《らく》：輕鬆、舒適。

愚《おろ》か：愚笨。

辛《つら》い：痛苦。

3.ほほえみ：微笑。

こそ：才。

望《のぞ》ましい：值得歡迎的、符合心願的、可喜的。

4.すっかり：完全。

悟《さと》る：了悟。

満喫《まんきつ》：充分玩味、享受。

5.とは：所謂。

一瞬《いっしゅん》：一剎那。

～にすぎない：不過是～。

大切《たいせつ》にする：愛惜。

～なければなりません：不～不行。

6.最《もっと》も：最。

目《め》に見《み》えないもの：眼睛看不到的東西。

7.毎日《まいにち》のように：幾乎每天。

しまつが悪《わる》い：難以應付。

ぶつかる：碰到。

8.考《かんが》え方《かた》：想法、觀點。

9.とやかく言《い》う：說三道四、計較。

10.しかない：只有。

決《けっ》して＋否定：決不～。

11.うれしさ：喜悅、愉快。

悲《かな》しさ：悲傷、難過。

希望《きぼう》：希望。

失望《しつぼう》：失望。
ばかり：淨、光。
～でもなければ～でもない：不是～也不是～。
12. 無意味《むいみ》：沒有意義。
13. 試練《しれん》：考驗。
14. 手探《てさぐ》りする：摸索、摸。
～ながら～：一邊～一邊～。
歩《あゆ》む：前進。
15. 真剣《しんけん》：認眞、嚴肅。
16. 奉仕《ほうし》：服務。
17. 旅路《たびじ》：旅程、旅途。
18. 絶《た》え間《ま》なく：不斷地。
学《まな》ぶ：學習。
19. 切《き》り開《ひら》く：開墾、開創。
20. 決《けっ》して～ではない：絕對不是～。
完全無欠《かんぜんむけつ》：盡善盡美、完整無缺。
21. 常《つね》に：經常、時常。
自分《じぶん》の思《おも》うままに行《い》かない：不如意、不如願。
22. 鏡《かがみ》：鏡子。
違《ちが》う：不同。
身《み》なり：裝束、服飾。
映《うつ》しだす：照出、映出。

三十二、人生《じんせい》という学校《がっこう》

1. この世《よ》の中《なか》で一番大《いちばんおお》きな学校《がっこう》は人生《じんせい》という学校《がっこう》です。

（在這世上最大的學校，就是人生學校了。）

2. 人生《じんせい》は学校《がっこう》で、そばにいる人《ひと》は教師《きょうし》です。（人生是所學校，身邊的人是老師。）

3. 人生《じんせい》の学校《がっこう》では、何《なん》でも教《おし》えてもらえます。（在人生的學校裏，什麼都學得到。）

4. 人生《じんせい》の学校《がっこう》には、何《なん》でも教《おし》えてもらえる学生《がくせい》もいますし、何《なに》も教《おし》えてもらえない学生《がくせい》もいます。

（在人生的學校裏，有什麼都能學到的學生，也有什麼都學不到的學生。）

5. すべての人《ひと》は人生《じんせい》の学校《がっこう》の学生《がくせい》ですが、この人生《じんせい》の学校《がっこう》を卒業《そつぎょう》できる人《ひと》はあまりたくさんいません。

（所有的人都是人生學校的學生，但是能從這所人生學校畢得了業的人卻不太多。）

6. 人生《じんせい》とは絶《た》え間《ま》なく努力《どりょく》することなんですから、人生《じんせい》の学校《がっこう》で一生懸命勉強《いっしょうけんめいべんきょう》しなさい。

（所謂人生，就是不停的努力，所以請好好地在人生的學校裏努力努力吧！）

7. 人生《じんせい》という学校《がっこう》の先生《せんせい》は学生《がくせい》でもあって、学生《がくせい》は先生《せんせい》でもあります。

（在人生這所學校裏的老師也是學生，學生也是老師。）

【註釋】

1. 世《よ》の中《なか》：世上。
2. そば：身邊。
3. 何《なん》でも教《おし》えてもらえる：什麼都學得到。
4. 何《なに》も教《おし》えてもらえない：什麼都學不到。
5. すべて：所有。
卒業《そつぎょう》できる：畢得了業。
6. 絶《た》え間《ま》なく：不停地。

三十三、人生《じんせい》の十字路《じゅうじろ》

1. 人間《にんげん》は人生《じんせい》の十字路《じゅうじろ》に立《た》つのは免《まぬが》れないものなんです。

（人免不了會站在人生的十字路上。）

2. 両脚《りょうきゃく》で十字路《じゅうじろ》に立《た》つのはいいとしても、心《こころ》が十字路《じゅうじろ》に立《た》っては大変《たいへん》なことです。

（兩脚站在十字路上倒是不要緊，心靈站在十字路上就不好了。）

3. 迷路《めいろ》にふみこむと大変《たいへん》ですから、十字路《じゅうじろ》に立《た》っている時《とき》には冷静《れいせい》な頭《あたま》を必要《ひつよう》とします。

（陷入迷途就不得了了，所以站在十字路上時需要冷靜的頭腦。）

4. 人生《じんせい》の十字路《じゅうじろ》に立《た》つほど困《こま》ったことはないと思《おも》います。

（我想沒有比站在人生的十字路上更傷頭腦的事了。）

5. 人生《じんせい》という道《みち》には、数《かぞ》えきれないほどの十字路《じゅうじろ》があります。

（在人生的道路上，有著數不盡的十字路。）

6. 人生《じんせい》の十字路《じゅうじろ》に立《た》って、方向《ほうこう》を誤《あやま》ると、成功《せいこう》しがたくなります。

（如果在人生的十字路上走錯了方向的話，將難以成功。）

7. 人生《じんせい》の十字路《じゅうじろ》にぶつかったら、勇気《ゆうき》をもつと同時《どうじ》に十分《じゅうぶん》に気《き》をつけなければいけません。決《けっ》してためらってはなりません。

（碰到了人生的十字路時，要有勇氣，同時要小心，千萬不可猶豫不前。）

8. 人生《じんせい》の十字路《じゅうじろ》には、お金《かね》、色《いろ》、権力《けんり》、地位《ちい》および名誉《めいよ》などいろいろな人《ひと》を誘《さそ》うものがありますから、本当《ほんとう》の十字路《じゅうじろ》よりもずっと危《あぶ》ないです。

（在人生的十字路上，有著金錢、色情、權力、地位及名譽等各種引誘人的東西，所以要比眞正的十字路危險得多。）

9. 人生《じんせい》の十字路《じゅうじろ》に立《た》っている時《とき》になくてはならないのは友《とも》だちです。

（站在人生的十字路上時所不可缺少的就是「朋友」了。）

10. 気《き》をつけて道《みち》を歩《ある》いていれば、人《ひと》を困《こま》らせる十字路《じゅうじろ》にぶつからなくてすむかも知《し》れません。

（如果小心走路的話，也許就不會碰到令人傷腦筋的十字路了。）

【註釋】

1. 十字路《じゅうじろ》に立《た》つ：站在十字路上、不知所向。

2. 両脚《りょうきゃく》：兩脚。

3. 迷路《めいろ》：迷路。
ふみこむ：踩陷下去。
冷静《れいせい》な頭《あたま》：冷靜的頭腦。
～を必要《ひつよう》とする：需要～。
4. ～ほど～はない：最～。
困《こま》る：爲難、苦惱。
5. 道《みち》：道路。
数《かぞ》えきれない：數不盡。
6. 方向《ほうこう》を誤《あやま》る：走錯方向。
動詞連用形＋がたい：難～。
7. ぶつかる：遇、碰。
勇気《ゆうき》をもつ：有勇氣。

気《き》をつける：小心。
～なければいけない：不～不行。
決《けっ》して＋否定：決不～。
ためらう：猶豫不前。
8. および：及、和。
誘《さそ》う：誘惑。
危《あぶ》ない：危險。
9. なくてはならない：不可或缺。
10. 人《ひと》を困《こま》らせる：令人傷腦筋。
済《す》む：可以解決。
～かも知《し》れない：也許～。

三十四、成功《せいこう》、失敗《しっぱい》、努力《どりょく》

1. 成功《せいこう》は努力家《どりょくか》の所有《しょゆう》です。（成功只屬於努力的人。）

2. 努力《どりょく》がないと成功《せいこう》はありません。（沒有努力就沒有成功。）

3. 成功《せいこう》か失敗《しっぱい》かは努力《どりょく》一《ひと》つできまるものです。

（是成功呢？還是失敗呢？就看努力而定了。）

4. 努力《どりょく》したよと信《しん》じさせるためには、成功《せいこう》が必要《ひつよう》なのでしょう。

（爲了讓人相信自己是努力了，成功就是必要的了吧！）

5. 努力《どりょく》したからといって、成功《せいこう》するとはかぎらないということを覚悟《かくご》しておかなければなりません。

（一定要有一個心裏準備，那就是「雖說努力了，但不是一定會成功的」。）

6. 成功《せいこう》は努力《どりょく》の現《あら》われです。（成功就是努力的表現。）

7. 今《いま》の世《よ》の中《なか》には努力《どりょく》もせずに成功《せいこう》したいと願《ねが》う人《ひと》がたくさんいるようです。

（在現今社會裏好像有很多不想努力就想成功的人。）

8. 速《はや》く努力《どりょく》しなさい。失敗《しっぱい》してからでは間《ま》に合《あ》いませんよ。

（趕快努力吧！等到失敗之後就來不及了。）

9. 失敗《しっぱい》した人《ひと》は成功《せいこう》した人《ひと》をうらやむ資格《しかく》がないです。というのは、失敗《しっぱい》した人《ひと》は努力《どりょく》しなかったからです。

（失敗的人沒有資格羨慕成功的人。因爲失敗的人沒有努力。）

10. 努力《どりょく》した人《ひと》はいつかは必《かなら》ず成功《せいこう》する時《とき》がやって来《き》ます。

（努力的人遲早一定會成功的。）

11. 失敗《しっぱい》した人《ひと》は、努力《どりょく》さえすれば、いつか成功《せいこう》した人《ひと》になれるのです。

（失敗的人，只要努力，遲早會變成成功的人。）

12. 成功《せいこう》への近道《ちかみち》は絶《た》え間《ま》なく努力《どりょく》することです。（通往成功的捷徑就是不停地努力。）

13. 成功《せいこう》も失敗《しっぱい》も、そういうことはどうでもいいことです。努力《どりょく》したら、それで結構《けっこう》だと思《おも》います。

（成功也好，失敗也好，那都無所謂。我認爲只要努力了，就可以了。）

14. この世《よ》の中《なか》には今日《きょう》まで本当《ほんとう》の成功《せいこう》をしたことは一回《いっかい》もないとため息《いき》をつく人《ひと》もいますし、今日《きょう》まで失敗《しっぱい》したことは一回《いっかい》もないといい気《き》になっている人《ひと》もいます。どういうふうにして成功《せいこう》できるのでしょうか、どうして失敗《しっぱい》したのでしょうか。もちろん、それぞれの原因《げんいん》がありますけれども、運命《うんめい》というのも原因《げんいん》の一つではないかと思《おも》います。ですから、人生《じんせい》とは何《なん》らとやかく言《い》うことはないのではないでしょうか。

（在這個世界上，有人嘆息著「到今天爲止，從來沒有眞正的成功過一次。」，也有人沾沾自喜地說著「到今天爲止，從來沒有失敗過一次。」要如何才能成功呢？爲什麼失敗了呢？當然，那各有各的原因，但是「命運」這東西難道不是原因之一嗎？所以所謂人生實在是沒有什麼好計較的。）

15. 成功《せいこう》した人《ひと》だけでなく、成功《せいこう》しなくても努力《どりょう》した人《ひと》にも尊敬《そんけい》を払《はら》うべきではないかと思《おも》います。

（不只是成功的人，對於雖然是沒有成功但是努力了的人，我認爲我們都應該尊敬。）

16. 努力《どりょく》とは他人《たにん》でなくあなた自身《じしん》のために役立《やくだ》つものなんです。

（努力不是爲他人，而是爲自己好。）

17. 努力《どりょく》するなら今《いま》のうちです。（要努力的話就要趁著現在。）

18. 人《ひと》は失敗《しっぱい》した時《とき》になってはじめて、努力《どりょく》の大切《たいせつ》さを知《し》るでしょう。

（人要到了失敗的時候，才會知道努力的重要性吧！）

19. 成功《せいこう》しようと思《おも》ったら、ただ努力《どりょく》だけではだめで、根気《こんき》と自信《じしん》というのもなくてはならないのです。

（若想成功的話，光是努力還不行，所謂毅力和信心也是不可少的。）

20. 根気《こんき》のある人《ひと》は成功《せいこう》しないにしても、成功《せいこう》に近《ちか》い結果《けっか》をだすに違《ちが》いありません。

（有毅力的人，就算沒有成功，一定也離成功不遠了。）

21. 今度《こんど》は失敗《しっぱい》しても、この次《つぎ》も失敗《しっぱい》するとは限《かぎ》らないように、今度《こんど》は成功《せいこう》しても、この次《つぎ》も成功《せいこう》するとは限《かぎ》りません。

（就如同這一次失敗了，可是不見得下一次也會失敗一樣，這一次雖然是成功了，可是不見得下一次也會成功。）

22. 成功《せいこう》したとしても、何《なに》もうれしいことはないように、失敗《しっぱい》したとしても、何《なに》も悲《かな》しいことはないです。

（就如同就算成功了也沒有什麼好高興的一樣，就算失敗了也沒有什麼好難過的。）

23. 日和見主義者《ひよりみしゅぎしゃ》は成功《せいこう》するかもしれませんが、失敗《しっぱい》する恐《おそ》れもあります。

（機會主義者或許會成功，但也恐怕會失敗。）

24. どんなことをしても、成功《せいこう》しようと思《おも》ったら、基礎《きそ》をかためなければなりません。

（不論做什麼事情，如果想要成功的話，就一定要穩固基礎。）

【註釋】

1. 努力家《どりょくか》：努力的人。

3. きまる：決定。

5. 〜からといって〜とはかぎらない：雖說〜但不一定〜。

覚悟《かくご》しておく：先做心裡準備。

6. 現《あら》われ：表現。（名詞形）

8. 間《ま》に合《あ》わない：來不及。

9. うらやむ：羨慕、忌妬。

10. いつかは必《かなら》ず：遲早一定。

11. なれる：能夠成爲。

12. 近道《ちかみち》：捷徑。

絶《た》え間《ま》なく：不停地。

13. そういうこと：那種事。

どうでもいい：怎麼都無所謂。

〜と思《おも》う：我認爲〜。

14. 世《よ》の中《なか》：世上。

ため息《いき》をつく：嘆息。

いい気《き》になる：沾沾自喜、揚揚得意。

どういうふうにして：如何地〜。

どうして：爲什麼。

もちろん：當然。

それぞれ：各自、分別。

運命《うんめい》：命運。

何《なん》ら：絲毫。

とやかく言《い》う：說三道四。
15. 尊敬《そんけい》を払《はら》う：給予尊敬。
べき：應該。
16. 役《やく》立《だ》つ：有用。
17. 今《いま》のうち：趁著現在。
18. ～てはじめて～：～才～。
大切《たいせつ》さ：重要性。
19. だめ：不行、沒用。
根気《こんき》：毅力、耐性。
なくてはならない：不可或缺。
20. 根気《こんき》のある人：有毅力的人。
～にしても：就算～。

近《ちか》い：接近的。
～に違《ちが》いない：一定～。
21. この次《つぎ》：下一次。
～とは限《かぎ》らない：不見得～。
22. ～としても：就算～。
何《なに》も～ことはない：沒有什麼好～。
23. 日和見主義者《ひよりみしゅぎしゃ》：機會主義者。
～かもしれない：或許～。
恐《おそ》れがある：恐怕。
24. 基礎《きそ》をかためる：穩固基礎。
～なければならない：一定要～。

三十五、たのしい家庭《かてい》

1. たのしい家庭《かてい》というのはどの人《ひと》もほしいものでしょう。
（快樂的家庭是每一個人都想擁有的吧！）

2. たのしい家庭《かてい》にいる子《こ》どもはすなおになります。
（生活在快樂家庭裏的孩子會變得天眞純樸。）

3. たのしい家庭《かてい》にいるワイフは美《うつく》しくなります。
（生活在快樂家庭裏的太太會變得美麗。）

4. たのしい家庭《かてい》にいるハズは元気一杯《げんきいっぱい》になります。
（生活在快樂家庭裏的先生會變得精神飽滿。）

5. たのしい家庭《かてい》にいるおじいさんとおばあさんは若《わか》く見《み》えます。
（生活在快樂家庭裏的老公公和老婆婆會顯得年輕。）

6. 立派《りっぱ》な人《ひと》は、十中八九《じっちゅうはっく》が明《あ》かるい家庭《かてい》から出《で》ています。
（我想十之八九以上的卓越的人是出自開朗的家庭。）

7. お金《かね》が少《すく》なくても、家族《かぞく》が明《あか》るい心《こころ》を持《も》っていれば、その家庭《かてい》はたのしくなるものです。

（雖然錢不多，但家人都擁有一個開朗的心的話，這個家庭會是愉快的。）

8. たのしい家庭《かてい》とは言《い》っても問題《もんだい》がないわけではありませんが、その問題《もんだい》はすぐに解決《かいけつ》してしまうものなんです。

（雖說是個快樂的家庭，但並不是沒有問題，而是那問題會立刻地解決掉。）

9. たのしい家庭《かてい》は得《え》がたいものですから、決《けっ》してこわしてはいけません。

（快樂的家庭是很難得的，所以千萬不要去破壞它。）

10. たのしい家庭《かてい》というのはお金《かね》で買《か》えないものです。

（快樂的家庭是不能用金錢買到的。）

11. たのしい家庭《かてい》を作《つく》るか作《つく》らないかどちらかだと思《おも》います。

（我認爲要就組織一個快樂的家庭，要就不要成家，就是這兩條路而已。）

12. 人間《にんげん》は誰《だれ》でもたのしい家庭《かてい》がほしいですが、たのしい家庭《かてい》を持《も》つのは誰《だれ》でもできることではありません。

（每個人都希望有個快樂的家庭，但是快樂的家庭卻不是每個人都能擁有的。）

13. 子《こ》がいない家庭《かてい》はたのしい家庭《かてい》にはなれません。

（沒有孩子的家庭，無法成爲快樂的家庭。）

14. たのしい家庭《かてい》にいる子《こ》どもはかなしい思《おも》い出《で》よりいい思《おも》い出《で》のほうがずっと多《おお》いです。

（生活在快樂家庭裏的孩子，其美好的回憶要比悲傷的回憶多得多。）

【註釋】

2. すなお：天眞、純樸。
3. ワイフ：太太。
4. ハズ：先生。
5. 若《わか》く見《み》える：看起來顯得年輕。
6. 十中八九《じっちゅうはっく》：十之八九。
7. 少《すく》ない：少。
家族《かぞく》：家人。
明《あか》るい心《こころ》：開朗的心。
8. ～わけではない：並不是～。
すぐに：立刻地。
解決《かいけつ》してしまう：解決掉。
9. 得《え》がたい：難得的。
決《けっ》して＋否定：千萬不要～。
こわす：破壞。
～てはいけない：不可以～。
10. 買《か》えない：買不到。
11. 家庭《かてい》を作《つく》る：成家。
12. ほしい：想得到、想要。
13. なれない：無法成爲。
14. かなしい思《おも》い出《で》：悲傷的回憶。
ずっと：～得多。

三十六、知恵《ちえ》

1. 知恵《ちえ》のある人《ひと》は恵《めぐ》まれた人《ひと》です。（擁有智慧的人是得天獨厚的人。）
2. 知恵《ちえ》で悪《わる》いことをする人《ひと》は知恵《ちえ》のない人《ひと》よりも知恵《ちえ》がないです。（用智慧做壞事的人，比沒智慧的人更沒智慧。）
3. 知恵《ちえ》のある人《ひと》は望《のぞ》めないことを望《のぞ》みません。（有智慧的人不期望不能期望之事。）
4. 知恵《ちえ》があるといい気《き》になったとしたち、その人《ひと》はもう知恵《ちえ》のある人《ひと》ではありません。（一個人如果沾沾自喜於自己有智慧的話，那個人已不是個有智慧的人了。）
5. 知恵《ちえ》を生《い》かさないことは知恵《ちえ》のないことと同《おな》じです。（智慧不加以活用等於沒有智慧一樣。）
6. 知恵《ちえ》があるだけの行《おこな》いをしないと、知恵《ちえ》があるとは言《い》えないでしょう。（如果沒有與智慧相當的所作所爲的話，就不能稱之爲有智慧吧！）
7. いくら知恵《ちえ》があっても、生殺与奪《せいさつよだつ》の権利《けんり》は持《も》っていません。（再有智慧的人，也沒有生殺與奪的權利。）

8. 知恵《ちえ》のある人《ひと》は知恵《ちえ》のあるのを見《み》せつけようとしません。
（有智慧的人，不會誇示自己有智慧。）

9. 知恵《ちえ》を持《も》ちすぎる人《ひと》と持《も》たない人《ひと》とでは同《おな》じように見《み》えても、実際《じっさい》には違《ちが》うものです。
（太有智慧的人和沒有智慧的人，看起來好像一樣，但實際上是不一樣的。）

10. 知恵《ちえ》とはふやそうと努《つと》めなければ、すぐ減《へ》るものです。
（所謂智慧，如果不努力去增加的話，是會立刻減少的。）

【註釋】

1. 知恵《ちえ》：智慧。
恵《めぐ》まれた人《ひと》：幸運的人、得天獨厚的人。

3. 望《のぞ》めない：不能期望。
望《のぞ》む：期望。

4. いい気《き》になる：沾沾自喜、揚揚得意。
〜としたら：如果〜。

5. 生《い》かす：活用、有效利用。

6. 行《おこな》い：行爲。
言《い》えない：不能說。

7. いくら〜ても：再〜也〜。
生殺与奪《せいさつよだつ》：生殺與奪。
権利《けんり》：權利。

8. 見《み》せつける：誇示、賣弄。

9. 持《も》ちすぎる：擁有很多。

見《み》える：好像是、似乎。
違《ちが》う：不一樣。
10.とは：所謂。
ふやす：増加。

努《つと》める：努力。
すぐ：立刻。
減《へ》る：減少。

三十七、友《とも》だち

1. 悪《わる》い友人《ゆうじん》ができるよりも、一人《ひとり》のほうがいいです。（與其結交惡友，不如無友。）
2. 悪《わる》い友人《ゆうじん》は悪《わる》い事《こと》をするはじまりです。（交壞朋友就是做壞事的開始。）
3. いい人《ひと》を友《とも》だちにえらばないと、悪《わる》い人《ひと》に友《とも》だちとしてえらばれる恐《おそ》れがあります。
（不擇好人爲友的話，恐怕就會被壞人選擇爲朋友了。）
4. 一人《ひとり》のいい人《ひと》と付《つ》き合《あ》えば、いつかはたくさんのいい人《ひと》と付《つ》き合《あ》うことができるように、一人《ひとり》の悪《わる》い人《ひと》と付《つ》き合《あ》うと、必《かなら》ずたくさんの悪《わる》い人《ひと》と付《つ》き合《あ》うようになるものです。
（如同和一個好人交往，就能和好多的好人交往一様，如果和一個壞人交往的話，就會和很多壞人交往了。）
5. いくらいい人《ひと》でも、一旦《いったん》悪《わる》い人《ひと》と付《つ》き合《あ》うと、遅《おそ》かれ早《はや》かれ悪《わる》い人《ひと》になるものです。
（即使是再好的人，一旦和壞人交上了的話，遲早是會變成壞人的。）
6. 友《とも》をえらぶとは、品格《ひんかく》をえらぶことで、お金《かね》や地位《ちい》や学問《がくもん》などをえらぶことではありません。

（所謂選擇朋友，是選擇品格，而不是選擇金錢、地位、學問等。）

7. いくら悪《わる》い人《ひと》でも、いい人《ひと》と付《つ》き合《あ》えば、だんだんいい人《ひと》になるものです。

（卽使是再壞的人，如果和好人交往的話，是會漸漸地變好的。）

8. 利己的《りこてき》な人《ひと》を友《とも》だちにえらばないでほしいものです。

（希望你不要選擇自私的人爲朋友。）

9. 悪《わる》い人《ひと》と付《つ》き合《あ》ったら、おしまいです。（和壞人一交往就完蛋了。）

10. 自分一人《じぶんひとり》で品格《ひんかく》を高《たか》めようと努《つと》めるよりも、品《ひん》のいい人《ひと》を友《とも》だちにえらんだほうがそれだけ早《はや》く立派《りっぱ》になれます。

（我認爲與其自己一個人努力於提高品格，不如選擇一個品格高的人爲友，這樣一來才能很快地變成一個卓越的人。）

11. いい友《とも》だちとは心《こころ》を豊《ゆた》かにするものです。（所謂益友，能使心靈豐裕。）

12. お金《かね》がなくてもいいですが、友《とも》だちがいなくてはいけません。

（沒有錢沒關係，但是「朋友」不能沒有。）

【註釋】

1.～よりも～ほうがいい：與其～不如～。

2.はじまり：開始。

3.えらぶ：選擇。

えらばれる：被選擇。

動詞連體形＋おそれがある：恐怕會～。

4.付《つ》き合《あ》う：交往、來往。

5.一旦《いったん》：一旦。

遅《おそ》かれ早《はや》かれ：遲早。

6.品格《ひんかく》：品格。

～や～や～など：～啦～啦～等等。

7.だんだん：漸漸地。

8.動詞未然形＋ないでほしい：希望你不要～。

9.おしまい：完蛋、沒有前途。

10.高《たか》める：提高、使高。

努《つと》める：努力。

11.豊《ゆた》か：豐富、富裕。

12.なくてもいい：沒有也沒關係。

三十八、泣《な》く

1. 生《う》まれてから死《し》ぬまで一度《いちど》も泣《な》いたことのない人間《にんげん》は、これまでにもいなかったし、これからもいないでしょう。

（從生到死一次也沒有哭過的人，到目前爲止沒有，以後也不會有吧！）

2. あまり泣《な》いては体《からだ》に悪《わる》いですが、ちょっと泣《な》くのは体《からだ》にいいです。

（哭得太厲害是有傷身體，可是稍爲哭一哭則對身體有益。）

3. 思《おも》うようにならないといつも泣《な》いていたら、恐《おそ》らく誰《だれ》もがいやがるでしょう。

（每次發生不順心的事時都要哭的話，恐怕誰也受不了吧！）

4. 泣《な》くまではいいですが、失意《しつい》のどん底《そこ》に落《お》ちこんでしまってはだめですよ。

（哭倒是不要緊，可是不可掉進失望的深淵裏。）

5. 泣《な》くとはただ戦術《せんじゅつ》の一《ひと》つだけですから、どんな場合《ばあい》にでも利《き》き目《め》があるというわけではありません。

（哭只是戰術之一而已，所以並不是在任何場合都能管用的。）

6. 泣《な》くという戦術《せんじゅつ》は時《とき》には使《つか》ってもいいですが、あまりに使《つか》いすぎたら、利《き》き目《め》がなくなるものです。

（哭這種戰術可有時候用用，如果用多了的話，則效果消失。）

7. 悲《かな》しい時《とき》に泣《な》きますが、うれしい時《とき》にも泣《な》くのは人間《にんげん》の不思議《ふしぎ》の一《ひと》つではないかと思《おも》います。

（悲哀的時候會哭，而高興的時候也會哭，這眞是人類的不可思議之一。）

8. 独《ひと》りで何《なに》か悲《かな》しいことを思《おも》いだすと泣《な》きだすのは、人間《にんげん》が感情的《かんじょうてき》な動物《どうぶつ》だという証拠《しょうこ》です。

（一個人想起了什麼悲哀的事就會哭起來，這證明了人是感情的動物。）

9. あまり緊張《きんちょう》せずに頭《あたま》を使《つか》えば、泣《な》かなくてもすむことはたくさんあるはずです。

（不要太緊張地用用頭腦的話，應該是有很多事是可以不用哭就可解決的。）

10. どんな悲《かな》しいことがあっても、そのために朝《あさ》から晩《ばん》まで泣《な》いてはいられません。なぜなら、涙《なみだ》をながすほかに、しなければならないことがたくさんあるからです。

（就算有多麼悲傷的事情，也不能因爲那樣就從早哭到晚。爲什麼呢？因爲除了掉眼淚之外，我們還有太多的事情要做。）

11. いざという時《とき》になると、泣《な》いて放《ほう》ってしまうのは子《こ》どもでなくて何《なん》でしょう。

（一到了發生問題的時候，就哭著不管了，這不是小孩子是什麼！）

12. 泣《な》き顔《がお》は醜《みにく》いに違《ちが》いありませんから、人《ひと》の前《まえ》では泣《な》かないほうがいいです。

（哭泣著的臉一定是不好看的，所以別在別人的面前哭比較好。）

13. この世《よ》の中《なか》には泣《な》き虫《むし》の好《す》きな人《ひと》はいないでしょう。

（在這世界上大概沒有人喜歡愛哭鬼的吧！）

14. 一般的《いっぱんてき》に言《い》えば、もらい泣《な》きをしやすい人《ひと》は善良《ぜんりょう》な人《ひと》です。

（一般來說，看到別人哭而容易跟著一起哭的人是善良的人。）

15. 泣《な》くことで一番《いちばん》いいのはうれし泣《な》き、一番悪《いちばんわる》いのはうそ泣《な》きだと思《おも》います。

（我認爲在「哭」當中，最好的是「喜悅的哭泣」，而最不好的是「含有作用的表演哭泣」。）

【註釋】

1. 生《う》まれてから死《し》ぬまで：從生到死。
これまでにも：到目前爲止也。
これからも：以後也。

2. 体《からだ》に悪《わる》い：對身體不好。

体《からだ》にいい：對身體好。

3. 思《おも》うようにならない：不順心。

いやがる：嫌、討厭。

恐《おそ》らく〜でしょう：恐怕〜吧！

4. 〜まではいいですが〜：〜倒是不要緊，

但〜。

失意《しつい》：失意、失望。

どん底《ぞこ》：底層、最下層。

落《お》ちこむ：掉進。

〜てはだめです：不可以〜。

5. ただ〜だけ：只〜。

場合《ばあい》：情形、場合。

利《き》き目《め》がある：有效、管用。

〜というわけではない：並不是〜。

6. 時《とき》には：有時候。

〜てもいい：可以〜。

あまりに：過於。

7. 不思議《ふしぎ》：不可思議。

8. 思《おも》い出《だ》す：想起。

泣《な》き出《だ》す：哭起來。

証拠《しょうこ》：證據。

9. 緊張《きんちょう》する：緊張。

頭《あたま》を使《つか》う：用頭腦。

すむ：可以解決。

はず：應該。

10. 朝《あさ》から晩《ばん》まで：從早到晚。

なぜなら〜からです：爲什麼呢？因爲〜。

涙《なみだ》をながす：流淚。

〜ほかに：除了〜。

しなければならない：不做不行。

11.いざという時《とき》：發生問題時、緊急時。
放《ほう》る：棄而不顧、不管。
12.泣《な》き顔《がお》：哭泣著的臉。
醜《みにく》い：不好看的、難看的。
～に違《ちが》いない：一定～。
～ないほうがいい：不要～比較好。
13.世《よ》の中《なか》：世界上。

泣《な》き虫《むし》：愛哭鬼。
14.一般的《いっぱんてき》に言《い》えば：一般來說。
もらい泣《な》き：看到別人哭也跟著一起哭。
善良《ぜんりょう》：善良。
15.うれし泣《な》き：喜極而泣。
うそ泣《な》き：含有某種意圖而哭給別人看的。

三十九、怠《なま》け者《もの》

1. 怠《なま》け者《もの》であって、金持《かねも》ちでもあるというような人《ひと》はいるはずがありません。

（一個人不可能同時是懶人又是有錢人。）

2. 貧乏神《びんぼうがみ》にとりつかれているのは怠《なま》け者《もの》でなくて何《なん》でしょう。

（被窮神纏著的人不是懶人是什麼！）

3. 怠《なま》け者《もの》は一生《いっしょう》を台《だい》なしにするものです。（懶人是糟蹋一生的人。）

4. 疲《つか》れたから何《なに》もしたくないというのはただ怠《なま》け者《もの》の口実《こうじつ》にすぎません。

（「累了，所以什麼也不想做」這不過是懶人的藉口而已。）

5. 僕《ぼく》は怠《なま》け者《もの》だと認《みと》める怠《なま》け者《もの》はあまりたくさんいないでしょう。

（很少有懶人會承認自己是懶人吧！）

6. 口実《こうじつ》を作《つく》って仕事《しごと》をしないのが怠《なま》け者《もの》の特徴《とくちょう》です。

（找藉口不工作，這就是懶人的特徵。）

7. 夜早《よるはや》く寝《ね》て、朝遅《あさおそ》く起《お》きるのは怠《なま》け者《もの》です。（晚上早睡，早上晚起，就是懶人。）

8. 怠《なま》け者《もの》に見切《みき》りをつけた人《ひと》は知恵《ちえ》の深《ふか》い人《ひと》です。
（對於懶鬼不抱指望的人乃是聰明的人。）

9. 怠《なま》け者《もの》は普通《ふつう》の人《ひと》とちがって、失敗《しっぱい》を招《まね》きやすいです。
（懶人和普通人不一樣，他容易招致失敗。）

10. なぜか人《ひと》よりも仕事《しごと》が多《おお》いような気《き》がするのは怠《なま》け者《もの》なんです。
（不知爲什麼，覺得好像工作比別人多似的，這種人就是懶人。）

11. 睡眠《すいみん》を十分《じゅうぶん》取《と》ったのに、睡眠不足《すいみんぶそく》のような顔《かお》をしているのは怠《なま》け者《もの》なんです。
（睡眠充足，卻露出一付睡眠不足的樣子，這種人就是懶人。）

12. 勤勉《きんべん》な人《ひと》は退屈《たいくつ》する時間《じかん》がありません。ただ怠《なま》け者《もの》だけが退屈《たいくつ》します。
（勤勉的人沒時間無聊。只有懶人才會無聊。）

13. 人間《にんげん》は怠《なま》けると何《なに》も望《のぞ》めなくなるのです。（人一懶什麼都無法指望了。）

14. 怠《なま》けるのはあらゆる悪《あく》の中《なか》で最《もっと》も有害《ゆうがい》なものです。
（懶惰是所有惡習中最有害的東西。）

15. 怠《なま》け者《もの》はおうおうにして失敗《しっぱい》への道《みち》を歩《ある》きがちですが、勤勉家《きんべんか》は着実《ちゃくじつ》に成功《せいこう》への道《みち》を歩《ある》いていきます。

16. （懶人往往走在通往失敗的路上，而勤勉的人則踏實地走在通往成功的路上。）
勤勉家《きんべんか》は失敗《しっぱい》した悲《かな》しみがわからず、怠《なま》け者《もの》は成功《せいこう》した喜《よろこ》びがわかりません。
（勤勉的人不知失敗的悲傷，懶人不知成功的喜悅。）

【註釋】

1. 怠《なま》け者《もの》：懶惰的人。
2. 貧乏神《びんぼうがみ》：窮神。
とりつく：纏住。
3. 台《だい》なしにする：糟蹋。
4. 口実《こうじつ》：藉口。
〜にすぎない：不過是〜。
5. 認《みと》める：承認。
6. 口実《こうじつ》を作《つく》る：找藉口。
特徴《とくちょう》：特徵、特色。
8. 見切《みき》りをつける：斷念、不指望。
9. 普通《ふつう》の人《ひと》：普通人。
ちがう：不一樣。
招《まね》く：招、惹。
動詞連用形＋やすい：容易〜。
10. なぜか：不知道爲什麼。
〜ような気《き》がする：覺得好像〜。
11. 睡眠《すいみん》を取《と》る：攝取睡眠。
のに：卻。
睡眠不足《すいみんぶそく》：睡眠不足。
12. 勤勉《きんべん》：勤勉。

退屈《たいくつ》：無聊。

ただ～だけ：只～。

13. 怠《なま》ける：懶惰。

望《のぞ》めない：無法指望。

14. あらゆる：所有的（連體詞）。

悪《あく》：悪、壞。

最《もっと》も：最。

有害《ゆうがい》：有害。

15. おうおうにして～がちだ：往往～。

歩《ある》く：走路。

勤勉家《きんべんか》：勤勉的人。

着実《ちゃくじつ》に：踏實地。

16. 悲《かな》しみ：悲傷。

喜《よろこ》び：喜悦。

四十、働《はたら》きとパン

1. 働《はたら》きさえすれば、パンを口《くち》にすることができます。（只要工作，就能有麵包吃。）

2. うんと働《はたら》いて得《え》たのはトーストでなくて、サンドイッチです。（很努力地工作所得來的不是吐司而是三明治。）

3. パンのために働《はたら》くほど疲《つか》れることはありません。（沒有比爲了麵包而工作更累的事了。）

4. 働《はたら》かないものは飢《う》えて死《し》ぬほか方法《ほうほう》がないです。（不工作的人，只有餓死而已。）

5. 働《はたら》かないで食《た》べ物《もの》がなくなって、飢《う》えてしまってからでは間《ま》に合《あ》いません。（不工作，沒有食物了，餓了，已經來不及了。）

6. 働《はたら》くことの好《す》きな人間《にんげん》はパンのおいしさとにおいがわかりますが、働《はたら》くことの嫌《きら》いな人《にん》間《げん》にはそれができないのです。（喜歡工作的人知道麵包的好吃及香味，而不喜歡工作的人則無法之。）

7. 働《はたら》きによって得《え》たパンのほかに、食《た》べていいパンはありません。（除了工作得來的麵包之外，沒有其他可吃的麵包。）

8. 働《はたら》く大切《たいせつ》さを知《し》るためには、パンのない生活《せいかつ》を経験《けいけん》してみる必要《ひつよう》があります。

（爲了了解工作的重要性，有必要嘗試一下沒有麵包的生活。）

9. パンのために働《はたら》くのはまちがいで、働《はたら》くためにパンを口《くち》にするのが正《ただ》しいと思《おも》います。

（我認爲爲了麵包而工作，這是錯誤的，爲了能夠工作才吃麵包，這才是正確的。）

10. いくらパンがあるとしても、一日《いちにち》たりとも仕事《しごと》を放《ほう》っておいてはいけません。

（就算有的是麵包，也不可以一天不工作而閒蕩著。）

【註釋】

1. 口《くち》にする：吃、喝。

2. うんと：用力、使勁。

得《え》る：得到。

4. 飢《う》える：飢餓。

～ほか方法《ほうほう》がない：只有～。

5. 間《ま》に合《あ》わない：來不及。

6. におい：香味。

8. 大切《たいせつ》さ：重要性。

必要《ひつよう》がある：有必要。

9. まちがい：錯誤。

正《ただ》しい：正確的。

～と思《おも》う：我認爲～。

10. ～としても：就算～。

一日《いちにち》たりとも：「一日《いちにち》でも」之意。

放《ほう》る：棄而不顧、不管。

～てはいけない：不可以～。

四十一、ひとたび

1. ひとたび嘘《うそ》をつくと、それにつれて多《おお》くの嘘《うそ》をつかなければなりません。
（一旦說謊的話，就不得不接著說更多的謊了。）

2. ひとたび借金《しゃっきん》をすると、借金《しゃっきん》の額《がく》はますます多《おお》くなるものです。
（一旦向人借錢，則借款額將越來越多。）

3. ひとたび質屋《しちや》に行《い》くと、売食《うりぐ》いをするような生活《せいかつ》になりかねません。
（一旦去了當鋪，就很可能變賣過日子了。）

4. ひとたびグラスを取《と》り上《あ》げると、酔《よ》いどれの片棒《かたぼう》をかつぎやすくなります。
（一旦拿起酒杯，就很容易變成酒鬼的伙伴了。）

5. ひとたびくだらない小説《しょうせつ》に耽《ふけ》ると、いい本《ほん》が見《み》えなくなるものです。
（一旦沉迷於無益的小說，眼睛將看不到好書。）

6. ひとたび脇道《わきみち》に入《はい》ると、進《すす》むべき道《みち》がわからなくなるものです。
（一旦誤入歧途，將無法明瞭應該前進之道路。）

7.ひとたび約束《やくそく》をやぶると、人《ひと》に信用《しんよう》されなくなるものです。

（一旦毀約，將不被人信任。）

8.人《ひと》の悪口《わるくち》を言《い》わなくても、人《ひと》に悪口《わるくち》を言《い》われる世《よ》の中《なか》です。ましてや、一旦《いったん》人《ひと》の悪口《わるくち》を言《い》うと、人《ひと》に悪口《わるくち》を言《い》われるのは目《め》に見《み》えています。

（這是一個即使不說別人的壞話也會被人說壞話的世界。更何況說了別人的壞話的話，是會被別人說壞話的，這是很明顯的。）

9.ひとたび後暗《うしろぐら》いことをすると、夜安心《よるあんしん》して寝《ね》ることもできなくなります。

（一旦做了虧心事，就連半夜安心睡覺都不行了。）

10.ひとたび博打《ばくち》を打《う》つと、財産《ざいさん》をつぶしかねません。

（一旦賭博的話，就很可能傾家蕩產了。）

【註釋】

1.ひとたび：一旦。
嘘《うそ》をつく：說謊。
〜なければなりません：不〜不行。

2.借金《しゃっきん》をする：借錢。
ますます：越發。

3.質屋《しちや》：當舖。

売《うり》食《ぐ》い：變賣過日。
なりかねません：很可能變成。
4. 取《と》り上《あ》げる：拿起。
酔《よ》いどれ：醉鬼、酒鬼。
～の片棒《かたぼう》をかつぐ：當～的伙伴。
5. くだらない：無益的、沒有價值的。
耽《ふけ》る：沉迷。
6. 脇道《わきみち》：歧途。
進《すす》む：前進。
べき：應該。

7. 約束《やくそく》をやぶる：毀約。
人《ひと》に信用《しんよう》される：被人信任。
8. 人《ひと》の悪口《わるくち》を言《い》う：說別人的壞話。
ましてや：更何況。
目《め》に見《み》える：明顯的。
9. 後暗《うしろぐら》いこと：虧心事。
10. 博打《ばくち》を打《う》つ：賭博。
財産《ざいさん》をつぶす：傾家蕩産、破産。
動詞連用形＋かねない：很有可能～。

四十二、人《ひと》を救《すく》う

1. 人《ひと》を救《すく》った人《ひと》も、人《ひと》に救《すく》われた人《ひと》もうれしいものです。

（救人的人，被救的人都快樂。）

2. 人《ひと》を救《すく》う人《ひと》こそ人《ひと》に救《すく》われます。（救人的人才會被人救。）

3. 人《ひと》を救《すく》うように見《み》せかけて、自分《じぶん》だけを救《すく》おうとする人《ひと》は救《すく》われないのがおちです。

（假裝要救他人，而只是要救自己的人，將會落到不得救的下場。）

4. 他人《たにん》を救《すく》うことは自分《じぶん》を救《すく》うことです。（救人就是救己。）

5. 人《ひと》を救《すく》わないと、人《ひと》に救《すく》われません。（不救人則不被人救。）

6. 人《ひと》に救《すく》われた恩《おん》に報《むく》いようと思《おも》ったら、できるだけ誰《だれ》か救《すく》いなさい。

（如果想報被人所救之恩，就請儘可能地去救救什麼人吧！）

7. 自分《じぶん》を救《すく》うように他人《たにん》を救《すく》いなさい。（如同救自己一樣地去救別人吧！）

8. 一般的《いっぱんてき》に言《い》えば、能力《のうりょく》がないから人《ひと》を救《すく》うことができないのではなくて、人《ひと》を救《すく》う心《こころ》が欠《か》けているからなんです。

9.（一般來說，不是由於沒能力而無法救人，是因爲缺少了一顆救人的心。）
困《こま》っている人《ひと》には、何《なに》か慰《なぐさ》めを言《い》うよりも、少《すこ》しでも何《なに》かしてあげたほうが本当《ほんとう》の救《すく》いなんです。

（與其對於受困的人說些什麼安慰的話，不如爲他們做些什麼事，即使是一點點也好，這才是眞正的救助。）

10.捨《す》て身《み》になって人《ひと》を救《すく》いなさい。（請奮不顧身地去救助他人吧！）

11.人《ひと》を救《すく》った喜《よろこ》びは人《ひと》を救《すく》ったことのある人《ひと》にしかわかりません。
（只有救過人的人才知道救了人的喜悅。）

12.人《ひと》を救《すく》った喜《よろこ》びはお金《かね》で買《か》えないものです。（救了人的喜悅是無法用金錢買到的。）

13.人《ひと》を救《すく》いなさい。なぜかと言《い》いますと、救《すく》わなかったら、必《かなら》ず不安《ふあん》になって後悔《こうかい》するにちがいないからです。
（去救人吧！爲什麼呢？因爲如果不去救的話，一定會感到不安而後悔的。）

14.この世《よ》の中《なか》には救《すく》われない人《ひと》などいません。救《すく》われないというのは、ただ人《ひと》を救《すく》おうとしない口実《こうじつ》にすぎません。
（在這世界上沒有什麼無可救藥的人。所謂的「無可救藥」，那只不過是不想去救人的一個藉口而已。）

15. 人間《にんげん》とは同情心《どうじょうしん》を持《も》った生《い》き物《もの》ですから、人間《にんげん》だけでなく、犬《いぬ》や猫《ねこ》などの動物《どうぶつ》もすくいなさい。

（人是有同情心的，所以不只是救人，連狗啦猫等的動物也去救一救吧！）

【註釋】

1. 救《すく》う：救。
救《すく》われる：被救。
3. 見《み》せかける：假裝。
おち：下場。
6. 恩《おん》に報《むく》いる：報恩。
できるだけ：儘可能。
8. ～ことができない：無法～。
欠《か》ける：欠、缺。
9. 困《こま》っている人《ひと》：受困的人。
慰《なぐさ》めを言《い》う：說安慰的話。
～よりも～ほうが～：與其～不如～。
救《すく》い：救助。
10. 捨《す》て身《み》：捨命、拚命。
11. 喜《よろこ》び：喜悅。
しか＋否定：只～。
12. 買《か》える：買得到。
13. 必《かなら》ず～にちがいない：一定會～。
不安《ふあん》になる：感到不安。

後悔《こうかい》する：後悔。

14. 世《よ》の中《なか》：世界上。

救《すく》われない：無可救藥。

口実《こうじつ》：藉口。

ただ～にすぎない：只不過是～。

15. 同情心《どうじょうしん》：同情心。

生《い》き物《もの》：生物、有生命的東西。

～や～など：～啦～等。

四十三、塞《ふさ》いだ顔《かお》

1. 人《ひと》の前《まえ》では、塞《ふさ》ぎ込《こ》みますな。（不要在別人前面悶悶不樂。）
2. 塞《ふさ》いだ顔《かお》は移《うつ》りやすいものです。（鬱悶不樂的様子是一種很容易傳染的東西。）
3. 塞《ふさ》いだ時《とき》には、どこにも行《い》かずに独《ひと》りでいたほうがいいと思《おも》います。（我認爲鬱悶不樂的時候，哪裏也不要去，一個人獨處比較好。）
4. 塞《ふさ》いだ顔《かお》ばかり知《し》って笑《わら》うことを知《し》らないものは少《すく》なくないようです。（好像有很多人只懂得悶悶不樂而不懂得笑。）
5. 塞《ふさ》いだ顔《かお》で人《ひと》にあいさつしたり、何《なに》かを教《おし》えたりするよりも、そんな時《とき》には人《ひと》にあいさつしたり、教《おし》えたりしないほうがいいと思《おも》います。（我認爲與其鬱悶不樂地跟人打招呼或教給他人什麼，倒不如不要跟人打招呼、不要教人什麼。）
6. 塞《ふさ》いだ顔《かお》に美《うつく》しい顔《かお》はありません。（鬱悶不樂的臉不會是好看的臉。）

【註釋】

1. 塞《ふさ》ぎ込《こ》む：悶悶不樂。

な：表禁止。

2. 塞《ふさ》ぐ：鬱悶。

塞《ふさ》いだ顔《かお》：鬱悶不樂的様子。

移《うつ》りやすい：容易傳染。

3. 〜たほうがいい：〜比較好。

4. 少《すく》なくない：不少。

5. あいさつ：打招呼、寒喧。

〜たり〜たりする：〜啦〜啦等。

〜ないほうがいい：不要〜比較好。

四十四、法律《ほうりつ》

1. 法律《ほうりつ》は悪事《あくじ》を働《はたら》く人《ひと》が一番嫌《いちばんきら》いなものです。（所謂法律，是幹壞事的人最討厭的東西。）

2. 法律《ほうりつ》のいらない社会《しゃかい》は理想《りそう》であって、現実《げんじつ》にはありえないことです。（一個社會，不需要法律，這是很理想的，但實際上是不可能的。）

3. 法律《ほうりつ》とは人《ひと》によって違《ちが》うものです。いい人《ひと》にとっては庇《かば》う両手《りょうて》であり、悪《わる》い人《ひと》にとっては懲《こ》らしめる鞭《むち》です。（法律是種因人而異的東西，對於好人來說，它是保護的雙手，對於壞人來說，它是懲罰的鞭子。）

4. 法律《ほうりつ》のない社会《しゃかい》がいかに恐《こわ》いものであるかは言《い》うまでもないことでしょう。（一個沒有法律的社會是怎様地可怕呢？這是不用說的吧！）

5. 法律《ほうりつ》を無視《むし》する人《ひと》の多《おお》い社会《しゃかい》には、社会問題《しゃかいもんだい》が多《おお》いんです。（在一個社會裏面，如果忽視法律的人多的話，其社會問題也多。）

6. 法律《ほうりつ》で決《き》められていることをして、法律《ほうりつ》で禁止《きんし》されていることをしないのがいい国民《こくみん》です。
（做法律規定的事，不做法律禁止的事，這才是好國民。）

7. 法律《ほうりつ》を犯《おか》した人《ひと》は死刑《しけい》か刑務所《けいむしょ》に入《はい》るのが落《お》ちです。
（犯法的人只會落得死刑或坐牢的下場。）

8. 法律《ほうりつ》を犯《おか》したら、弁護士《べんごし》の所《ところ》へ行《い》っても役《やく》に立《た》ちません。
（如果犯了法的話，就算找律師也沒有用。）

9. どういう人《ひと》も法律《ほうりつ》を犯《おか》したら裁判《さいばん》を受《う》けて罰《ばつ》を受《う》けるのを免《まぬが》れません。
（不論是什麼人，只要是犯了法的話，就免不了受審受罰。）

10. 法律《ほうりつ》がわかっても、わからなくても、法律《ほうりつ》を犯《おか》したら、罰《ばっ》せられます。「わからない者《もの》だったら、罰《ばっ》せられない」などということはありえません。
（懂法律也好，不懂法律也好，只要是犯了法的話，都會被判罪。不可能有什麼「不知者，不怪罪」的。）

11. 法律《ほうりつ》とは公正《こうせい》なものです。（法律是公平的。）

12. 犯人《はんにん》はよく法律《ほうりつ》や検事《けんじ》や裁判所《さいばんしょ》などを恨《うら》みます。が、これは自業自得《じごうじとく》というものです。
（犯人常常會怨恨法律啦檢察官啦法院等。但這是自作自受。）

【註釋】

1. 悪事《あくじ》を働《はたら》く：幹壞事。
2. いらない：不需要。
3. ～にとっては～：對～來說～。
庇《かば》う：保護。
両手《りょうて》：雙手。
懲《こ》らしめる：懲罰。
鞭《むち》：鞭子。
4. いかに：怎樣、如何。
恐《こわ》い：可怕的。
言《い》うまでもない：不用說。
5. 無視《むし》する：忽視、無視。
社会問題《しゃかいもんだい》：社會問題。
6. 決《き》められる：被決定。
禁止《きんし》される：被禁止。
国民《こくみん》：國民。
7. 法律《ほうりつ》を犯《おか》す：犯法。
死刑《しけい》：死刑。
刑務所《けいむしょ》に入《はい》る：坐牢。
落《お》ち：下場。
8. 弁護士《べんごし》：律師。
役《やく》に立《た》つ：有用。
9. 裁判《さいばん》を受《う》ける：受審。
罰《ばつ》を受《う》ける：受罰。
免《まぬが》れる：避免。
10. 罰《ばっ》せられる：被判罪。
ありえない：不可能的。
11. 公正《こうせい》：公平、公允。
12. 犯人《はんにん》：犯人、罪人。

検事《けんじ》：検察官。
裁判所《さいばんしょ》：法院。
～や～や～など：～啦～啦～等。

恨《うら》む：恨、懷恨。
自業自得《じごうじとく》：自作自受。

四十五、本《ほん》

1. お金《かね》の多《おお》い時《とき》には、本《ほん》をたくさん買《か》って、お金《かね》の少《すく》ない時《とき》には、一冊《いっさつ》の本《ほん》を買《か》いなさい。

（錢多的時候多買一些書，錢少的時候買一本書。）

2. 本《ほん》を買《か》うお金《かね》のない時《とき》には、図書館《としょかん》に行《い》きなさい。（沒錢買書的時候，就去圖書館吧！）

3. お金《かね》があって本《ほん》を買《か》わないのはかわいそうなばかものです。

（有錢而不買書的人是可憐的傻瓜。）

4. 本《ほん》を買《か》ったまま読《よ》まないのは見掛《みか》けだおしです。（只買書而不看書的人是虛有其表。）

5. 気分《きぶん》の悪《わる》い時《とき》には、何《なに》か本《ほん》を読《よ》みなさい。（心裡不舒服時，去看看什麼書吧！）

6. 忙《いそが》しくても、本《ほん》を読《よ》まなくてはなりません。（雖說忙，但也不能不讀書。）

7. 本《ほん》は心《こころ》の糧《かて》です。（書是精神糧食。）

8. まだ読《よ》みおわっていない本《ほん》があったら、本屋《ほんや》へ行《い》かないように。

（如果還有書沒有讀完的話，請別去書店。）

9. 時間《じかん》がないから本《ほん》を読《よ》むことができないのではなくて、本《ほん》を読《よ》む心《こころ》が欠《か》けているからできないのです。

（並不是由於沒有時間而無法讀書，而是由於缺乏一個讀書的心才無法讀書的。）

10. 本《ほん》を読《よ》む人《ひと》と読《よ》まない人《ひと》との違《ちが》いは振舞《ふるまい》からも言葉《ことば》からも顔《かお》からもわかるものです。

（讀書的人與不讀書的人其不同，既能由其動作、也能由語言、又能由臉看出來。）

11. いくらいい本《ほん》でも、人《ひと》に読《よ》まれないと、何《なん》の価値《かち》もない紙屑《かみくず》と同《おな》じなんです。

（即使是再好的書，如果不被人所讀的話，等於是毫無價值的廢紙一樣。）

12. いい本《ほん》はたくさん読《よ》めばたくさん読《よ》むほどいいですが、悪《わる》い本《ほん》は一冊《いっさつ》も読《よ》まないほうがいいです。

（「好書」是讀得愈多愈好，而「壞書」是一本也別讀比較好。）

13. いい本《ほん》とは一度《いちど》だけ読《よ》むものではなくて、何度《なんど》も繰《く》り返《かえ》して読《よ》むものです。読《よ》めば、その都度《つど》必《かなら》ず何《なに》か勉強《べんきょう》になるものを発見《はっけん》しえて、有益《ゆうえき》なものです。

（所謂好書，不是只讀一次，而是要重覆讀好幾次的。而且，我認為每次讀時，都必定能學到些什麼，是有益的東西。）

14. 生活《せいかつ》もできないというならば別《べつ》ですが、そうでなければ、収入《しゅうにゅう》の一部《いちぶ》を本代《ほんだい》に当《あ》てるべきだと思《おも》います。

（如果連生活都沒有辦法的話，那就另當別論了。不然的話，我認爲應該拿收入的一部份充作買書的錢。）

15. 本《ほん》の命《いのち》を長《なが》くしようと思《おも》ったら、表紙《ひょうし》にカバーをしなさい。

（如果想要讓書的壽命長一點的話，請用書皮包一下吧！）

16. 値段《ねだん》の高《たか》い本《ほん》がいい本《ほん》とは限《かぎ》りませんし、値段《ねだん》の安《やす》い本《ほん》が悪《わる》い本《ほん》とも限《かぎ》りません。

（貴的書不見得是好書，便宜的書也不見得是不好的書。）

17. 本《ほん》の読《よ》み方《かた》を知《し》っている人《ひと》の本《ほん》には栞《しおり》がよくはさんであります。

（懂得讀書之方法的人，其書裏常常夾著有書籤。）

18. できるだけ時間《じかん》を利用《りよう》して本《ほん》を読《よ》まなければいけませんから、書斎《しょさい》か図書館《としょかん》だけが本《ほん》を読《よ》む所《ところ》であってはいけません。

（一定得儘量利用時間讀書才行，所以不能只在書房或是圖書館裏讀書。）

19. 本《ほん》を読《よ》むことはいいことですが、本《ほん》の虫《むし》になってはいけません。

（讀書是件好事情，但是不要變成書呆子了。）

20. 本《ほん》を読《よ》むことだけではだめで、ノートを取《と》ることも忘《わす》れてはいけません。

（不可以光讀書，也不要忘了作筆記。）

21. いくら狭《せま》い家《いえ》でも、本棚《ほんだな》がなければなりません。

（即使是再狹窄的屋子，也得有書架。）

22. 本《ほん》というのは目《め》で読《よ》むものでなく、心《こころ》で読《よ》むものです。

（所謂的書，不是用眼睛來讀的，而是要用心去讀的。）

【註釋】

1. 買《か》う：買。
3. 可哀相《かわいそう》：可憐。
ばかもの：傻瓜。
4. まま：原封不動。
見掛《みか》けだおし：虛有其表。
5. 気分《きぶん》：心情。
7. 心《こころ》の糧《かて》：精神糧食。
8. 読《よ》みおわる：讀完。
本屋《ほんや》：書店。
9. ～ことができない：無法～。
欠《か》ける：欠、缺。
10. 振舞《ふるまい》：舉止。
～からわかる：由～得知。
11. いくら～でも～：即使是再～也～。
読《よ》まれる：被讀。
何《なん》の価値《かち》もない：毫無價值。
紙屑《かみくず》：廢紙。
12. ～ば～ほど：愈～愈～。

〜ないほうがいい：不要〜比較好。
13. 繰《く》り返《かえ》す：反覆、重覆。
都度《つど》：每次。
必《かなら》ず：一定。
何《なに》か：什麼。
勉強《べんきょう》になる：學到東西。
発現《はっけん》しえる：能夠發現。
有益《ゆうえき》：有益的。
14. 別《べつ》：另外、別。
そうでなければ：不然的話。
収入《しゅうにゅう》：收入。
一部《いちぶ》：一部份。
本代《ほんだい》：書錢。
当《あ》てる：充作。
べき：應該。

〜と思《おも》う：我認爲〜。
15. 表紙《ひょうし》：書皮、封面。
カバーをする：包書。
16. 値段《ねだん》：價錢。
〜とは限《かぎ》らない：不見得〜。
17. 栞《しおり》：書籤。
はさむ：夾、插。
18. できるだけ：儘量。
〜なければいけない：不〜不行。
書斎《しょさい》：書房。
19. 本《ほん》の虫《むし》：書呆子。
20. ノートを取る：作筆記。
忘《わす》れる：忘記。
21. 狭《せま》い：狹窄。
本棚《ほんだな》：書架。

四十六、もし

1. 使《つか》っても使《つか》っても使《つか》いきれないほどお金《かね》があったらいいなあ！

（如果有怎麼用也用不完的錢就好了。）

2. 絞《しぼ》っても絞《しぼ》っても絞《しぼ》りきれないほどちえがあったらいいなあ！

（如果有怎麼動也動不完的腦筋就好了。）

3. 振《ふる》っても振《ふる》っても振《ふる》いきれないほど腕《うで》があったらいいなあ！

（如果有怎麼顯也顯不完的本事就好了。）

4. 仕事《しごと》の二倍《にばい》か三倍《さんばい》の報酬《ほうしゅう》を得《え》ることが出来《でき》たらいいなあ！

（如果能得到相當於工作兩三倍的報酬就好了。）

5. 時間《じかん》がたってもたっても老《お》いなかったらいいなあ！

（任憑時間怎麼經過也不會年老就好了。）

6. ほしいものなら何《なん》でも手《て》に入《い》れることが出来《でき》たらいいなあ！

（如果不論想要什麼都能得手就好了。）

7. 勉強《べんきょう》しなくても学校《がっこう》の試験《しけん》に合格《ごうかく》できたらいいなあ！

（如果不讀書也能通過學校的考試就好了。）

8. 学校《がっこう》に入《はい》らなくても卒業証書《そつぎょうしょうしょ》を得《え》ることが出来《でき》たらいいなあ！

（如果不上學也能得到畢業證書就好了。）

9. きょうもあしたもあさってても毎日《まいにち》が月給日《げっきゅうび》だったらいいなあ！

（今天也是、明天也是、後天也是、毎天都是發薪水的日子就好了。）

10. 人間《にんげん》はいつまでたっても死《し》ななかったらいいなあ！

（人如果永遠都不會死就好了。）

【註釋】

1. 使《つか》いきれない：用不完。
2. 絞《しぼ》る：絞、擠、榨。
   絞《しぼ》りきれない：絞不盡。
3. 振《ふ》るう：抖、揮動。
   腕《うで》：本事。
4. 動詞連體形＋ことが出来《でき》る：能～。
5. 時間《じかん》がたつ：時間的經過。
   老《お》いる：年老、上年紀。
6. ほしい：想要的。
   手《て》に入《い》れる：得手、到手。

7. 試験《しけん》：考試。
合格《ごうかく》：及格。
8. 学校《がっこう》に入《はい》る：入學。
卒業証書《そつぎょうしょうしょ》：畢業證書。
9. あさって：後天。
月給日《げっきゅうび》：發薪日。
10. いつまでたっても：永遠也。

四十七、自棄酒《やけざけ》

1. お酒《さけ》の中《なか》で一番悪《いちばんわる》いのは自棄酒《やけざけ》です。（在酒裏面最不好的就是喝悶酒了。）
2. 自棄酒《やけざけ》を飲《の》む人《ひと》は成功者《せいこうしゃ》になれません。（喝悶酒的人不會成爲成功的人。）
3. どんなことがあっても、自棄酒《やけざけ》を飲《の》んではいけません。（不論發生什麼事情，也不能喝悶酒。）
4. 自棄酒《やけざけ》を飲《の》む時間《じかん》があったら、またやりなおしなさい。（有時間喝悶酒的話，請再重做一次吧！）
5. 自棄酒《やけざけ》は頭《あたま》をぼやけさせるばかりで、何《なん》の役《やく》にも立《た》ちません。（喝悶酒只會讓頭腦模糊而已，毫無益處。）
6. 人間《にんげん》は自棄酒《やけざけ》を飲《の》めば飲《の》むほど、自棄《やけ》になるものです。（人愈喝自暴自棄的酒，愈會變得自暴自棄。）

【註釋】

1. 自棄酒《やけざけ》：自暴自棄的酒。

2. なれない：不能變成。

3. 〜てはいけない：不可〜。

4. また：再度。

やりなおす：重做。

5. ぼやける：模糊、不清楚。

役《やく》に立《た》つ：有用處、有益處。

6. 〜ば〜ほど：越〜越〜。

自棄《やけ》になる：自暴自棄。

四十八、やりにくいこと

1. 人間《にんげん》はどんなにやりにくいことにぶつかっても、あくまでやり通《とお》す覚悟《かくご》がなければなりません。

（人一定要有一個心裏準備，不論碰到多麼困難的事，也要貫徹到底。）

2. やりにくいことでもよくすると、知《し》らず知《し》らずのうちにやりやすくなるものです。

（如果常做難做的事的話，那難做的事會在不知不覺中變成不是難做的事了。）

3. 自分《じぶん》の力《ちから》だけでできなかったら、他人《たにん》に手伝《てつだ》ってもらってもかまいません。なぜかと言《い》いますと、いくらやりにくいことでも、やらなければならないことでしたら、放《ほう》っておくわけにはいかないからです。

（如果光靠自己的力量而沒有辦法的話，那麼去求助他人亦無妨。因爲不論是多麼難做的事，只要那是一件一定得做的事的話，我們就不能放著不管。）

4. やりにくいことだからといって、なしとげられないとは限《かぎ》りませんから、後込《しりご》みしないで力《ちから》を尽《つく》してやってみてください。

（雖說是件難辦之事，但不見得不能完成，所以不要退縮不前，請盡力地去做做看吧！）

5. やりにくいことだからといって、気《き》をいらいらさせれば、やりにくいことはもっとやりにくくなるだけです。

（雖說是件難辦的事，但是如果心裏急燥的話，那難辦的事只是會變得更難辦而已。）

6. 事《こと》はやりにくければやりにくいほどやる価値《かち》が高《たか》いと思《おも》います。

（我認爲事情是愈難做，其做的價値就愈高。）

7. やりやすいことよりも、やりにくいことをしたほうがずっといいと思《おも》います。なぜかと言《い》いますと、やりにくいことをやりとげたら、驕《おご》るに足《た》りますし、もしやりとげなかったとしても、面子《めんつ》がなくなることはないからです。

（我認爲與其做好做的事，不如做難做的事。因爲如果完成了難做的事的話，是值得驕傲的，而就算沒有完成的話，也不會沒有面子。）

8. 「一人《ひとり》の考《かんが》えより二人《ふたり》の相談《そうだん》」と言《い》いますから、やりにくいことにぶつかったら、自分《じぶん》一人《ひとり》で考《かんが》えないで誰《だれ》かに相談《そうだん》をしに行《い》きなさい。

（俗語說得好「與其一人思考不如兩人商量」。所以碰到難辦的事時，不要一個人想，去找誰商量一下吧！）

9. ふだんからの用意《ようい》があったら、多《おお》くの場合《ばあい》やりにくいことも割《わり》に簡単《かんたん》にやれるものです。

（如果平常就有準備的話，通常來說，雖是難辦的事卻能簡單地做好。）

10. いくらやりにくいことでも、やってみる勇気《ゆうき》がなくてはいけません。

（即使是再難辦的事情，也一定得有做做看的勇氣。）

【註釋】

1. やりにくい：難辦的。

ぶつかる：碰到。

あくまで：到最後。

やり通《とお》す：貫徹到底。

覚悟《かくご》：心裏準備。

2. 知《し》らず知《し》らずのうちに：不知不覺地。

やりやすい：好辦的。

3. 他人《たにん》に手伝《てつだ》ってもらう：讓別人幫忙。

放《ほう》る：放著不管。

動詞連體形＋わけにはいかない：不能～。

4. ～からといって～とは限《かぎ》らない：雖說～但不見得～。

なしとげる：完成。

後込《しりご》み：退縮不前。

力《ちから》を尽《つく》す：盡力。

5. 気《き》をいらいらさせる：讓心裏急燥。

もっと：更。

6. ～ば～ほど：愈～愈～。

価値《かち》が高《たか》い：價值高。
～と思《おも》う：我認爲～。
7.ずっと：～得多。
やりとげる：完成、達成。
驕《おご》る：驕傲。
し：用於並列陳述。
面子《めんつ》がない：沒面子。
8.相談《そうだん》：商量。

考《かんが》える：思考。
9.ふだん：平常。
用意《ようい》：準備。
多《おお》くの場合《ばあい》：通常。
割《わり》に：比較。
10.いくら～でも：即使是再～也～。
なくてはいけない：一定得有。

四十九、勇気《ゆうき》

1. 勇気《ゆうき》のある人《ひと》はころぶことが恐《おそ》ろしくありません。（有勇氣的人，不怕跌倒。）
2. 勇気《ゆうき》のある人《ひと》は一時《いちじ》のがれをしません。（有勇氣的人，不會逃避一時。）
3. 人間《にんげん》はころぶことを免《まぬが》れませんから、起《お》き上《あ》がる勇気《ゆうき》を常《つね》にもっていなくてはいけません。
（人是無法避免跌倒的，所以一定要經常擁有站起來的勇氣。）
4. この世《よ》の中《なか》には行《おこな》う勇気《ゆうき》のある人《ひと》もいますし、言《い》う勇気《ゆうき》さえない人《ひと》もいます。
（在這個世界上，有人有勇氣「做」，也有人連「說」的勇氣都沒有。）
5. 勇気《ゆうき》だけあって、知恵《ちえ》がなかったら、成功《せいこう》できません。（有勇無謀的話無法成功。）
6. 出来心《できごころ》で悪《わる》いことをしたまではいいですが、白状《はくじょう》する勇気《ゆうき》がなければいけません。（因一時糊塗而做了壞事，倒是不要緊，但是一定要有勇氣認錯。）
7. 言《い》う勇気《ゆうき》のある人《ひと》は行《おこな》う勇気《ゆうき》もあるとは限《かぎ》りません。（敢說的人不見得敢做。）
8. 見《み》せかけだけの勇気《ゆうき》はやめなさい。（不要假裝有勇氣。）

【註釋】

1. ころぶ：跌倒。
2. 一時《いちじ》のがれ：逃避一時。
3. 免《まぬが》れる：避免。
起《お》き上《あ》がる：站起來、起來。
常《つね》に：經常。
4. 世《よ》の中《なか》：世界上。
行《おこな》う：做、實行。
さえ：連。

5. だけ：只。
6. 出来心《できごころ》：一時糊塗。
〜まではいいが：〜倒是不要緊，但是〜。
7. 白状《はくじょう》する：認錯、認罪。
〜とは限《かぎ》らない：不見得〜。
8. 見《み》せかけ：假裝、虛有其表。
やめる：停止、作罷。

五十、欲張《よくば》り

1. 手《て》に入《い》れるべからざるものを手《て》に入《い》れようと思《おも》うのは欲《よく》のふかいものです。

（想拿不該拿的東西，這種人就是貪心的人。）

2. 人間《にんげん》は誰《だれ》でも何《なに》か自分《じぶん》に属《ぞく》するものがあるはずだから、人《ひと》のものをほしがってばかりいてはだめです。

（人不論是誰，應該都有什麼屬於他自己的東西才對，所以如果還老想要別人的東西，那就不該了。）

3. 欲張《よくば》りは袖《そで》の下《した》のはじまりです。（貪婪乃賄賂之始。）

4. 欲張《よくば》りな人《ひと》はややもすれば損《そん》をしがちです。（貪心的人往往得不償失。）

5. 人間《にんげん》はお金《かね》といい、地位《ちい》といいもうこれで十分《じゅうぶん》だという頂点《ちょうてん》にはいつまでも登《のぼ》れないでしょう。

（「金錢也好，地位也好，這就夠了。」這個頂點人類是永遠也登不上去的吧！）

6. 欲望《よくぼう》の強《つよ》い人《ひと》は、自分《じぶん》は欲望《よくぼう》の強《つよ》い人間《にんげん》だとわからない場合《ばあい》が多《おお》いようです。

（欲望强的人好像通常都不知道自己是個欲望强的人。）

7. 欲望《よくぼう》を捨《す》てて生活《せいかつ》してみなさい。（請試著過過拋棄欲望的生活吧！）

8. 欲望《よくぼう》の虜《とりこ》になったと気《き》がついた時《とき》はもう遅《おそ》いんです。

（當你發覺成了欲望的俘虜時，已經晚了。）

9. 欲《よく》がふかいより欲《よく》が少《すく》ないほうがずっと楽《らく》なんですが、人間《にんげん》はこの楽《らく》はあまり好《す》きでないようです。

（欲望少要比欲望多來得輕鬆舒服得多了，可是人卻好像不太喜歡這種輕鬆舒服。）

10. 人間《にんげん》は物質的欲望《ぶっしつてきよくぼう》に負《ま》けてはおしまいです。（人如果輸給了物質欲望的話，那就完了。）

11. 欲《よく》は人間《にんげん》の目《め》と心《こころ》を閉《と》じるものですから、欲《よく》に左右《さゆう》されないようにしなければなりません。

（欲望會蒙蔽人類的眼睛和心靈，所以一定要做到不被欲望所左右才行。）

12. 自分《じぶん》のほしいものは、多《おお》くの場合他人《ばあいたにん》のほしいものでもありますから、欲張《よくば》りな人《ひと》は気《き》をつけなければなりません。

（自己想要得到的東西，往往也就是別人所想要得到的東西，所以貪心的人不可不小心。）

13. 人間《にんげん》は欲望《よくぼう》が強《つよ》ければ強《つよ》いほどつらくなるものです。（人欲望愈强愈痛苦。）

14. 自分勝手《じぶんかって》な欲望《よくぼう》は抑《おさ》えなければなりません。（自私的欲望必須抑制。）

15. 欲望《よくぼう》は進歩《しんぽ》への促進剤《そくしんざい》でもありますし、悪《わる》いことのはじまりでもあります。

（欲望是通向進步的促進劑，也是做壞事之開始。）

16. 欲望《よくぼう》が強《つよ》くなかったら、物《もの》の不足《ふそく》などというのはないはずです。

（如果欲望不强的話，應該是不會有什麼「不夠」的。）

17. 欲望《よくぼう》というのは限《かぎ》りのないものです。（欲望是個無止境的東西。）

18. 限《かぎ》りがないだけに、欲望《よくぼう》はこわいものです。

（就是因爲沒有止境，所以欲望是個很可怕的東西。）

19. 欲望《よくぼう》が強《つよ》いということは決《けっ》していいことではありません。

（欲望强絕對不是一件好事情。）

20. 欲望《よくぼう》というのはいいものか悪《わる》いものかはその強《つよ》さによって決《き》まるものです。

（所謂的欲望，是好呢？還是不好呢？這就要看其程度而定了。）

【註釋】

1. ～べからざる～：不該～的～。

欲《よく》がふかい：貪心。

2. はず：照理說應該。

3. 欲張《よくば》り：貪心。

袖《そで》の下《した》：賄賂。

はじまり：開始。

4. 欲張《よくば》りな人《ひと》：貪心的人。

ややもすれば～がちです：往往～。

損《そん》をする：吃虧、不上算。

5. ～といい、～といい：～也好～也好。

いつまでも：永遠。

登《のぼ》れない：爬不上去。

6. 欲望《よくぼう》の強《つよ》い人《ひと》：欲望强的人。

場合《ばあい》：情形。

7. 捨《す》てる：拋棄。

8. 虜《とりこ》：俘虜。

気《き》がつく：發覺。

9. ～より～ほうがずっと～：～要比～來得～得多。

楽《らく》：輕鬆舒服。

10. 負《ま》ける：輸。

しまい：完蛋、終了。

11. 閉《と》じる：關閉。

～に左右《さゆう》される：被～左右。

12. 多《おお》くの場合《ばあい》：通常。

気《き》をつける：小心。

～なければなりません：不～不行。

13. ～ば～ほど：愈～愈～。

つらい：痛苦。

14. 自分勝手《じぶんかって》：自私、任性。

抑《おさ》える：抑制。
15.進歩《しんぽ》：進歩。
促進剤《そくしんざい》：促進劑。
～でもあるし、～でもある：既是～也是～。
16.不足《ふそく》：不夠。
など：之類、等。

はず：應該。
17.限《かぎ》りがない：無止境。
18.だけに：就是因爲。
こわい：可怕的。
19.決《けっ》して＋否定：絕不～。
20.強《つよ》さ：强度、强的程度。

五十一、理窟《りくつ》

1. 正《ただ》しいことは正《ただ》しくて、間違《まちが》いは間違《まちが》いですから、決《けっ》して理窟《りくつ》をならべてごまかしてはいけません。

（對就是對，錯就是錯，絕對不可以說歪理蒙蔽。）

2. 理窟《りくつ》ばかり言《い》う人《ひと》は人《ひと》に好《す》かれる人《ひと》ではありません。

（老是說自己的歪理由，這種人是不會被人喜歡的。）

3. 理窟《りくつ》をつけるというのは責任《せきにん》を取《と》らないことを意味《いみ》します。

（找歪理就是意味著不負責任。）

4. 理窟《りくつ》をいう癖《くせ》はつきやすくて、なおりにくいものです。

（找歪理這種壞毛病是種容易養成而不易改的東西。）

5. 理窟《りくつ》っぽい人《ひと》は友《とも》だちが日《ひ》に日《ひ》に少《すく》なくなるものです。

（愛講小道理的人，其朋友會一天比一天少的。）

【註釋】

1. 正《ただ》しい：正確的。

間違《まちが》い：錯誤。

決《けっ》して＋否定：絕不～。

理窟《りくつ》をならべる：說歪理。

ごまかす：敷衍、蒙蔽。

2. 人《ひと》に好《す》かれる：被人喜歡。

3. 責任《せきにん》を取《と》る：負責任。

意味《いみ》する：意味著。

4. 癖《くせ》：壞毛病、缺點。

動詞連用形＋やすい：容易～。

なおりにくい：難改正的。

5. 理窟《りくつ》っぽい：愛講小道理的人。

日《ひ》に日《ひ》に：一天比一天。

少《すく》ない：少。

五十二、若《わか》いうちに

1. 若《わか》いうちに恋《こい》しなさい。（趁著年輕，談談戀愛去吧！）

2. 若《わか》いうちに緑《みどり》の山《やま》に登《のぼ》りなさい。（趁著年輕，爬一爬青山去吧！）

3. 若《わか》いうちに青《あお》い海《うみ》を見《み》に行《い》きなさい。（趁著年輕，看一看藍藍大海去吧！）

4. 若《わか》いうちに黄金《こがね》の夕日《ゆうひ》を見《み》に行《い》きなさい。（趁著年輕，看看金黄色的夕陽去吧！）

5. 若《わか》いうちに美《うつく》しい夢《ゆめ》を追《お》いなさい。実現《じつげん》できない夢《ゆめ》でもいいから。（趁著年輕，去追求你的夢想吧！即使是不能實現的夢亦無妨。）

6. 若《わか》いうちに人生《じんせい》をエンジョイしなさい。（趁著年輕，去享受人生吧！）

7. 若《わか》いうちに懐《なつ》かしい思《おも》い出《で》を作《つく》りなさい。（趁著年輕，製造些美好的回憶吧！）

8. 若《わか》いうちに体《からだ》を丈夫《じょうぶ》にしなさい。（趁著年輕，把身體强壯起來吧！）

9. 若《わか》いうちに何人《なんにん》かの心《こころ》の友《とも》だちと付《つ》き合《あ》いなさい。（趁著年輕，交幾個知心的朋友吧！）

10. 若《わか》いうちにがんばりなさい。（趁著年輕，加油吧！）

【註釋】

1. ～うちに：趁著～。

2. 山《やま》に登《のぼ》る：登山、爬山。

4. 黄金《こがね》：金黃色。

夕日《ゆうひ》：夕陽。

5. 夢《ゆめ》を追《お》う：追求夢想。

6. エンジョイ：享受（enjoy）。

7. 思《おも》い出《で》：回憶。

9. 付《つ》き合《あ》う：交往。

10. がんばる：加油。

五十三、笑《わら》う

1. 生《い》きているかぎり、笑《わら》いたくなくても笑《わら》わなければならないことによくぶつかるでしょうね。

（只要活著，我們就會常碰到這種情形吧！那就是雖然不想笑但不得不笑。）

2. 人《ひと》に笑顔《えがお》を見《み》せると、人《ひと》もまた笑顔《えがお》を見《み》せてくれるのです。

（對人以笑臉的話，人也會以笑臉相對的。）

3. 笑《わら》いたくないのに、笑《わら》わなければならない場合《ばあい》はどうしましょうか。こう思《おも》いなさい。笑《わら》いたくないのに、笑《わら》わなければならないこと自体《じたい》がおかしいことではないかと。そうすれば、なぜか笑《わら》いたくなりますよ。

（不想笑偏又不得不笑，這種情形時怎麼辦呢？請這樣想想吧！「不想笑偏又不得不笑，這本身不就是件很可笑的事嗎？」這樣一來，不知爲什麼就會想笑了。）

4. お金《かね》があっても、なくても、笑《わら》いなさい。（有錢也好，沒錢也好，笑一笑吧！）

5. 成功《せいこう》しても、失敗《しっぱい》しても、笑《わら》いなさい。（成功也好、失敗也好、笑一笑吧！）

6. 笑《わら》いたい時《とき》には思《おも》い切《き》って笑《わら》いなさい。笑《わら》いたくなくても笑《わら》わなければならない時《とき》は、つらくてもがまんして愛想笑《あいそうわら》いをするものです。

（想笑的話，就請毅然決然地笑吧！如果雖不想笑，但又不得不笑時，雖然痛苦，但請忍耐一下禮貌上笑笑吧！）

7. 笑《わら》うとは、顔《かお》の表情《ひょうじょう》だけでなく、心《こころ》のうれしさを表《おもて》にあらわすことです。

（所謂笑，不只是臉上的表情而已，而是把心裡的愉快表現在外表。）

8. よく笑《わら》う人《ひと》は人《ひと》に好《す》かれます。（常笑的人被人喜愛。）

9. 自分《じぶん》が笑《わら》う前《まえ》にそばにいる人人《ひとびと》を笑《わら》わせなさい。ただひとりだけ笑《わら》っているのはおかしいしおもしろくないですから。

（在自己笑以前，請先讓在身邊的人們笑一笑吧！因爲只有一個人笑的話，既奇怪且又沒意思。）

10. 笑《わら》うことはいいことですけれども、笑《わら》うべからざる時《とき》には笑《わら》うべからずです。

（「笑」雖然是件好事情，但是在不該笑的時候是不該笑的。）

11. 笑《わら》うことは自然《しぜん》のことですから、無理《むり》に笑顔《えがお》を作《つく》ってはいけません。

（笑是一件自然的事情，不可勉强地作出笑臉來。）

12. 笑《わら》いたければ、笑《わら》いなさい。何《なに》も笑《わら》いをこらえることはないでしょう。

（想笑的話就請笑吧！有什麼好忍住而不笑的呢？）

13. 人間《にんげん》は誰《だれ》も笑《わら》いのない生活《せいかつ》をおくることはできないのです。

（只要是人，不論是誰，都沒有辦法過著沒有歡笑的日子。）

14. 人生《じんせい》という長《なが》い道《みち》には笑《わら》いがあふれているのです。

（在人生的長長旅程上是充滿著歡笑的。）

15. 笑《わら》いは人《ひと》と人《ひと》との橋渡《はしわた》しをするものです。（笑是人與人之間的橋樑。）

16. 「笑《わら》う門《かど》には福来《ふくき》たる」と言《い》いますから、仕合《しあわ》せがほしければ、どんなことがあっても、大《おお》きな声《こえ》で笑《わら》いなさい。

（俗語說得好「幸福降至歡笑之門」，所以如果想要得到幸福的話，即使是再大的事情，也請放聲地笑一笑吧！）

17. 笑《わら》うことはいいことですが、笑《わら》ってごまかすことはいいことではありません。

（笑是一件好事，可是用笑來敷衍事情，這就不是一件好事情了。）

18. 男《おとこ》の人《ひと》はげらげら笑《わら》っても腹《はら》をかかえて笑《わら》ってもいいですが、女《おんな》の人《ひと》はにこにこ笑《わら》ったほうがいいと思《おも》います。

（男人可以張嘴大笑，也可以捧腹大笑；但我認爲女人還是微笑比較好。）

19. いくら醜《みにく》い人《ひと》でも、笑《わら》っている時《とき》には、美《うつく》しくなります。

（即使是再難看的人，笑的時候也會變成美的。）

20. 笑《わら》うことは人間《にんげん》を長生《ながい》きさせるものです。（笑使人長壽。）

21. 笑《わら》いは病気《びょうき》を予防《よぼう》することもできますし、病気《びょうき》を治《なお》すこともできます。

（笑能預防疾病，又能治療疾病。）

22. 笑《わら》いは私《わたし》たちの生活《せいかつ》になくてはならないものです。

（笑是我們生活中不可或缺的東西。）

【註釋】

1. 生《い》きる：活。

かぎり：只要。

笑《わら》いたくない：不想笑。

笑《わら》わない：不笑。

～なければならない：不得不～。

よくぶつかる：常會碰到。

2. 笑顔《えがお》：笑臉。

見《み》せる：讓人看。

3. 場合《ばあい》：情形。

どうしましょうか：怎麼辦？

〜こと自体《じたい》〜：〜其本身〜。
おかしい：可笑的。
6.思《おも》い切《き》って：毅然決然。
がまんする：忍耐。
7.表《おもて》：表面。
あらわす：表現。
8.好《す》かれる：被喜愛。
9.〜前《まえ》に：〜之前。
そば：身邊。
ただ〜だけ：只〜。
おかしい：奇怪。
10.〜べからざる〜：不該〜的〜。
し：既〜又〜。
〜べからず：不該〜。
11.自然《しぜん》：自然、不加矯飾。

無理《むり》に：勉強地。
12.笑《わら》い〜てはいけない：不可〜。
笑いをこらえる：抑制住而不笑。
13.生活《せいかつ》をおくる：過日子。
動詞連體形＋ことはできない：無法〜。
14.あふれる：充滿。
15.橋渡《はしわた》しをする：作橋樑。
16.ほしい：想要。
大《おお》きな：大的（連體詞）。
17.ごまかす：敷衍。
18.げらげら笑《わら》う：張嘴大笑。
腹《はら》をかかえて笑《わら》う：捧腹大笑。
にこにこ笑《わら》う：微笑。
〜たほうがいい：〜比較好。
〜と思《おも》う：我認爲〜。

19.醜《みにく》い：難看的、不好看的。

20.長生《なが い》き：長壽、長生。

21.病気《びょうき》を予防《よぼう》する：預防疾病。

し：表示並列。

病気《びょうき》を治《なお》す：治療疾病。

22.なくてはならないもの：不可或缺的東西。

國家圖書館出版品預行編目資料

日文人生小語手冊 / 張嫚編著. --初版.--臺北市：鴻儒堂，民93

面；公分

含索引

ISBN 957-8357-64-8(平裝)

1. 日本語言 — 讀本

803.18　　93015216

作者簡介

張嫚
淡江大學東方語文學系日文組畢業
政治作戰學校國防語文訓練中心日文進修班畢業
曾任教於 Y.M.C.A.

著作：日語句型手冊
日文敬語實例手冊
日文人生小語手冊
日文童話集錦

日文人生小語手冊

定價：180 元

2004 年(民國 93 年)8 月初版一刷
本出版社經行政院新聞局核准登記
登記證字號:局版臺業字 1292 號

著　　　者：張　嫚
發　行　人：黃成業
發　行　所：鴻儒堂出版社
地　　　址：台北市中正區 100 開封街一段 19 號二樓
電　　　話：(02)23113810・(02)23113823
電話傳真機：(02)23612334
郵 政 劃 撥：01553001
E — mail：hjt903@ms25.hinet.net

法律顧問:蕭雄淋律師

本書凡有缺頁、倒裝者，請逕向本社調換

鴻儒堂出版社於＜博客來網路書店＞設有網頁。
歡迎多加利用。
網址 http://www.books.com.tw/publisher/001/hjt.htm